Le cœur des femmes
bat plus vite

Le cœur des femmes bat plus vite

Kathy **DORL**

© Éditions Hélène Jacob, 2015. Collection *Littérature sentimentale*.
Tous droits réservés.
ISBN : 978-2-37011-315-3
Éditions Hélène Jacob – 13 Impasse Victor Gesta – 31200 Toulouse
Imprimé par Create Space – États-Unis
13,90 €
Dépôt Légal Mai 2015

Design couverture : Jérémy Calli

1.

La galère pour les autres, la croisière pour nous ! (Lola)

*D*emain, je pars pour une croisière de huit jours avec la fameuse compagnie qui a subi deux naufrages en moins de six mois et j'aurai la chance d'être à bord un vendredi 13. Dois-je commencer sérieusement à m'inquiéter ? se demande Lola en sortant sa valise du garage.

En effet, tout n'a pas forcément bien commencé. Lola a gagné ce voyage grâce à un concours Internet auquel elle a participé sans vraiment y croire. Le voyage n'étant pas cessible à une tierce personne, elle a dû user de persuasion pour convaincre les organisateurs du concours que « Dora l'exploratrice » n'est pas son vrai nom.

Cerise sur le gâteau, pour déconner, elle s'est inscrite avec un collègue de bureau du département marketing de sa boîte de cosmétiques. Un brave type, ce Robert, un peu mytho sur les bords, mais sympa. Problème, le voyage est aux deux noms. Ils doivent partir ensemble. Lui, fraîchement divorcé, est heureux comme un roi ; Frank, le mari de Lola, nettement moins.

Pourtant, Frank a accepté, à condition que les copines de Lola l'accompagnent. L'arrivée de Noé, surnommé P'tit Loup, un an révolu à ce jour – le bébé du bébé de Frank et Lola, Lylou, 18 ans, et de Tom, 17 ans, fils d'Anaïs et JR, leurs meilleurs amis – a un peu bouleversé l'équilibre familial. Frank est conscient qu'un peu de distraction ferait le plus grand bien à Lola.

Il y a presque deux ans, Tom et Lylou, voulant plus tard faire des études de médecine, avaient approfondi quelques cours d'anatomie, un soir chez des copains, avec un succès apparent, car aujourd'hui Lola et Anaïs s'occupent – en plus de leurs activités professionnelles respectives – de changer les couches et laver les bavoirs de P'tit Loup, pendant que les jeunes parents révisent leur baccalauréat. Après avoir appris le passé simple à l'école, Tom et Lylou se sont rapidement mis au futur compliqué.

— Ma Grenouille est tombée enceinte par accident ? s'était moquée Zoé, la marraine de Lylou. Genre, elle se baladait toute nue et elle a trébuché sur un zizi sauvage ?

Le couple que forment Lola et Frank a résisté au séisme de l'arrivée précoce de leur petit-fils et leurs salaires confortables leur permettent de prendre une nounou à plein-temps. Frank occupe le poste de directeur général dans une banque monégasque et Lola est directrice marketing dans une grande boîte de cosmétiques. Cela fait maintenant plus de quinze ans qu'ils vivent dans une belle maison de l'arrière-pays niçois. L'arrivée prématurée de P'tit Loup a été un choc. Devenir grand-mère avant l'heure n'était pas une priorité dans la « to-do list » de Lola, mais elle a fini par s'y faire. Même si regrouper à la maison une jeune maman encore adolescente et son mini-moi en version masculine qui commence à se tenir debout n'est pas forcément de tout repos.

Aussi, quelques jours auparavant, Lola a mis Lylou face à ses responsabilités : elle va devoir s'occuper de son P'tit Loup toute seule avec l'aide de la nounou et de Frank pendant huit jours. Maman va partir en vacances !

— Mais comment je vais réviser mon bac ? a rétorqué l'ado-maman d'un air offusqué, soudainement très préoccupée par ses révisions de philo.

— J'arrive à gérer mon taf, la maison, toi, P'tit Loup, la bouffe, les courses et toute l'intendance tout au long de l'année. Je pense que tu peux gérer tes révisions et ton fils pendant une semaine, non ? a répondu Lola, bien déterminée à ne pas céder devant le regard faussement implorant de sa progéniture.

— Mais…, a tenté Lylou.

— Me casse, un point c'est tout ! Enfin, si les copines viennent, a ajouté Lola avec quelques réserves.

— Ah ben, s'il faut convaincre les autres, t'es pas partie ! a adorablement répondu Lylou, soulagée.

Lola était vexée, mais elle devait se rendre à l'évidence : ça n'allait pas être chose facile, surtout pour Anaïs.

Car si le couple de Lola a résisté à la tempête P'tit Loup, ce n'est pas le cas du couple Anaïs JR, qui a volé en éclats.

L'annonce de la future paternité de Tom n'a été que le grandiose final d'un feu d'artifice qui pétaradait dans le couple déjà ébranlé par une infidélité de JR qu'Anaïs n'avait jamais pardonnée. Ils ont divorcé quelques mois avant la naissance de Noé et, comme on dit, les divorces divisent, mais multiplient les additions. Et le budget vacances et loisirs a disparu aussi sec de la colonne « économies ».

JR, architecte, a conservé le mas familial de ses parents et verse une pension alimentaire pour Tom et Noé. Anaïs qui, lors de leur séparation, s'était lancée dans des missions humanitaires pour faire le tour du monde, a vite été rappelée à ses nouvelles obligations de jeune grand-mère, ce qu'elle a encore du mal à digérer.

Du coup, elle a dû mettre de côté ses cours d'alphabétisation à Madagascar pour reprendre son boulot de professeur dans la région cannoise, le moral dans les chaussettes et l'humeur qui va avec.

Et, bien évidemment, Anaïs n'a pas un rond pour une quelconque croisière, qui pourtant pourrait lui changer les idées.

— Grâce à ma banque, je peux être à découvert tout en restant habillée, je suis dans le rouge dès le 10 de chaque mois, s'est-elle plainte au téléphone en déclinant la proposition de voyage. Je ne suis ni juillettiste ni aoûtienne, je suis juste fauchée. Alors, ne me parle pas de partir en croisière en avril !

Lola a aussitôt appelé Zoé – son amie de toujours – et Jenifer, en couple, toujours partantes pour une virée entre copines, qui ont accepté avec joie. Sans enfant et bossant toutes les deux en *free-lance*, l'une dans les bijoux, l'autre dans la photographie de mode, elles sont largement disponibles et financièrement à l'aise. Elles ont donc décidé de toutes se cotiser pour offrir le voyage à Anaïs.

Lola, Anaïs, Zoé, Chloé, Frank et JR se connaissent depuis l'enfance et sont tous les six liés depuis toujours. Enfin, maintenant… comme les cinq doigts de la main. Depuis le divorce houleux d'avec JR, Anaïs a exigé de ses amies qu'elles prennent position. Officiellement, seul Frank, solidarité masculine oblige, est resté proche de JR, les filles ayant pris parti pour Anaïs, juste afin d'éviter les foudres de cette dernière. Car, officieusement, toute la bande continue d'être en contact avec JR.

La discrète et sensible Chloé, dernier maillon de la bande d'amis, à la tête d'une grande famille recomposée avec son second mari Bruno, est le cœur d'artichaut de la bande. Elle a du mal à supporter la rupture entre JR et Anaïs et se plaint depuis de longs mois que, désormais, « plus rien ne sera comme avant ».

— Fini les soirées entre amis ! Les longs week-ends au bord de la piscine de JR et Anaïs, la bande d'amis va imploser ! C'est sûr ! Les carottes sont cuites !

— T'as raison, c'est râpé, comme la carotte ! avait plaisanté Zoé lors d'une séance Skype entre filles, ce qui lui avait valu sa déconnexion immédiate par Chloé.

Lola et Anaïs avaient eu un mal fou à la rassurer :

— Tu verras, ma Chloé, l'avait réconfortée Anaïs, il me faut du temps, mais la bande d'amis va se recomposer. Elle va même s'agrandir, je vais bien finir par rencontrer quelqu'un de sérieux… Dans quelques années-lumière, avait-elle ajouté en riant.

— Hum…, avait répondu Chloé, peu convaincue.

— C'est un peu comme toi et ta famille patchwork, avait ajouté Zoé, revenue dans la conversation. Tu t'en es bien sortie avec Emma et Victor et les deux Padawans de Bruno avec des baobabs dans la main. On va s'en sortir, nous aussi !

Ce dernier argument avait fini d'achever le moral de Chloé. Sur ses quatre Padawans, deux s'étaient transformés en Tanguy et elle avait dû user de stratégies plus ou moins douteuses pour les balancer hors du nid qu'elle avait rêvé douillet avec Bruno, son compagnon. En fait, le nid s'était transformé en véritable colocation de six adultes dont deux glandouilleurs de première classe depuis déjà trop longtemps.

— Mais JR est toujours autant déprimé, il ne se remet pas de votre rupture, Anaïs ! Il est au bout du rouleau.

— Situation très peu confortable, surtout quand on est aux toilettes, avait répliqué Zoé, moqueuse.

D'un clic, Chloé l'avait de nouveau virée de la conversation.

Il est évident que Chloé tient énormément à ce que la bande reste soudée, puisque quand Lola a voulu régler le billet d'Anaïs avec l'argent récolté, elle a appris par l'agence de voyages que la croisière d'Anaïs était intégralement payée par Chloé.

Comment a-t-elle pu faire ? s'est alors interrogée Lola. *Chloé, préparatrice en pharmacie et Bruno, expert-comptable, ne roulent pas sur l'or, d'autant plus qu'ils aident financièrement encore trois jeunes adultes. Elle est vraiment prête à beaucoup de sacrifices pour que la bande se ressoude,* en a conclu Lola avec tendresse.

Anaïs a sauté comme du maïs à pop-corn dans un micro-ondes quand elle avait appris le geste généreux de Chloé.

— Mais attention ! l'a-t-elle prévenue un soir au téléphone. Hors de question que tu profites de ce voyage pour me faire une promotion intensive des qualités de JR ! Les ex, c'est comme la prison : si t'y retournes, c'est que tu n'as pas compris la leçon.

— Il est au bout de sa vie ! a rétorqué Chloé. Et il picole beaucoup trop, le dernier texto que Bruno a reçu de lui m'a fait peur !

— Et il disait quoi, ce texto ?

— « Je syis pas biurré, ckest led toucjes de min clabier qui dannsent le ganngnam stule ».

Anaïs a explosé de rire.

— Il a même mis une photo de lui bourré sur son permis ! Comme ça, quand il se fait contrôler, les flics pensent qu'il est dans son état normal !

— Arrête de t'inquiéter, Chloé ! a rétorqué Anaïs, hilare. Il fait tout pour se faire remarquer, ça va lui passer ! Il le faudra bien. Et dans la vie, il est important de savoir reconnaître ses erreurs. La preuve, quand j'ai croisé JR la dernière fois, je l'ai reconnu direct ! Donc, promis ? Pas de lavage de cerveau pendant ce voyage ?

Chloé a été obligée d'accepter, un peu déçue.

— Et je pourrais bien trouver le collègue de Lola à mon goût ! avait ajouté Anaïs en rigolant, enfonçant un peu plus le couteau dans le cœur d'artichaut de Chloé.

*

À moi les fjords, aurores boréales et soleils de minuit ! songe Lola en bouclant sa valise, bien chargée de vêtements chauds. Avec Anaïs et Robert, son collègue, elle doit prendre le premier vol Nice-Paris le lendemain matin pour rejoindre Zoé et Jenifer, les pures Parisiennes, ainsi que Chloé qui va quitter Rambouillet pour Paris aujourd'hui. Elle dormira ce soir chez Zoé et Jenifer.

De l'aéroport Charles-de-Gaulle, elles prendront le vol de 11 h 30 pour Copenhague, port de départ de leur croisière.

Le vert éclatant des prairies en fleurs, l'émeraude des cimes des arbres, le bleu de la mer qui se glisse sur plusieurs kilomètres entre les montagnes, l'ivoire des sommets enneigés ! rêvasse Lola en attrapant P'tit Loup dans son parc.

— Allez, c'est l'heure du bain, p'tit bonhomme, lui glisse-t-elle en le chatouillant dans le cou. Demain, c'est Maman et ton grand-père qui s'occuperont de toi !

Voguer entre les plus beaux fjords et les hautes parois rocheuses adossées à la mer ! La nature ! Vivement demain !

Lola esquisse un pas de danse en se dirigeant vers la salle de bains, Noé gazouillant dans ses bras.

2.

Passer pour une idiote auprès d'un abruti, voilà une volupté acrobatique ! (Zoé)

« La dernière fois que Jenifer m'a dit "je suis prête dans cinq minutes", j'ai eu le temps de finir *Les Misérables* et de boucler un Rubik's Cube ! » ronchonne Zoé en s'affalant sur une chaise.

Anaïs, Lola et Robert ont appris le retard de Zoé, Jenifer et Chloé via texto.

Ils se sont installés autour d'une table de la brasserie du terminal CDG1 et ont bu un café en attendant les filles, qui viennent d'arriver.

— C'était pas la peine de se précipiter ! lance Lola. L'embarquement n'est que dans une demi-heure.

— Le vol est toujours à l'heure ? demande Chloé, les yeux rouges.

Zoé soupire.

— Il était déjà à l'heure quand on a enregistré nos bagages, Chloé ! C'est-à-dire il y a dix minutes ! Combien de fois vas-tu encore nous poser la question ?

— L'essentiel, c'est que nous soyons tous enfin là ! s'exclame Anaïs, tout heureuse.

Les filles sont contentes de se retrouver. Et les présentations avec Robert sont faites.

— Il est pas mal, non ? glisse Anaïs à Jenifer qui vient de s'attabler à côté d'elle.

Effectivement, Robert est plutôt bel homme. Il porte un collier avec des boules, ce collier à boules de surfeur, de gens qui voyagent, de gens cool. Ce collier que seuls supplantent parfois une dent de requin ou un coquillage.

Zoé observe le nouvel étalon d'un air moqueur.

— Vous avez ramené Brice de Nice ?

— Bob va prendre une année sabbatique pour faire le tour du monde, façon australienne, façon super-méga-cool, il me l'a dit dans le vol Nice-Paris, répond Anaïs, complètement sous le charme.

— Première nouvelle ! riposte Lola, ironique. C'est bizarre, au bureau, on n'est pas encore au courant.

— Il va faire son tour du monde dans sa tête ! souffle Jenifer en mettant du sucre dans le café.

Lola a pris la peine de prévenir les filles du caractère un peu mégalo-mytho de Robert.

Toutes sont vigilantes, sauf Anaïs, frappée d'une amnésie soudaine dès le premier regard échangé avec Robert le matin même à l'aéroport de Nice.

— Prêts pour la croisière dans les fjords ? lance Lola en regardant sa montre. On devrait se diriger vers notre porte d'embarquement.

Tous acquiescent avec entrain, se lèvent, réunissent leurs affaires et se dirigent vers leur avion.

— Qui a le mal de mer ? questionne Chloé, stressée. J'ai pris des anti-nauséeux.

— Bah, moi, j'ai découvert que le mal de mer pouvait arriver aussi en faisant l'amour sur notre nouveau lit à eau ! clame Zoé en attrapant Jenifer par la taille.

— Le mal de mer ? Aucun risque pour moi ! réplique Robert. J'ai sauvé un enfant de la noyade, à Royan, en 2009. Mer déchaînée.

Lola est arrivée la première au comptoir d'embarquement et c'est toute pâle qu'elle revient vers le groupe d'amis à la traîne.

— Le vol est annulé !

— Comment ça, annulé ? demandent Jenifer et Zoé de concert.

—Ben, annulé : AN-NU-LÉ ! Le vol SAS de 11 h 30 pour

Copenhague est annulé ! Panne de moteur ! On nous propose un embarquement pour 20 heures ce soir ; ou pire, demain.

— Impossible ! s'écrie Chloé qui fond aussitôt en larmes. Le *Luminosos* appareille ce soir à 18 heures. Il ne va pas nous attendre !

— Qu'est-ce qu'il lui arrive ? demande Lola, surprise de voir Chloé en pleurs.

Zoé hausse les épaules.

— Dérèglement hormonal, d'après ce qu'elle nous a dit quand elle est arrivée à la maison hier soir. Et depuis, elle couine toutes les vingt minutes, c'est chiant.

— Bon, ce n'est pas le tout, mais on fait quoi ? demande Jenifer.

— Sans autre solution de la part de SAS, il faut filer au comptoir Air France et voir ce qu'ils nous proposent, suggère Lola.

— OK, on fonce !

— C'est pas possible ! s'extasie Anaïs devant un Robert très pompeux. T'as fait des missions humanitaires en Amérique du Sud pour fabriquer des maisons en bouse de vache ? Trop génial ! Moi, j'ai failli partir à Madagas…

— Anaïs ! s'écrie Lola en s'élançant avec les autres en direction du comptoir Air France, tu pourrais avertir le seul neurone potable qui te reste et te bouger le cul ! On est en situation de crise, si tu ne l'as pas remarqué ! Depuis ce matin, y a autant de neurones dans ton cerveau que dans une émission de télé-réalité !

*

Chloé a furieusement insisté pour payer tous les billets Paris-Copenhague pris en urgence – donc, au prix fort.

— Laissez-moi régler ! a-t-elle supplié, toujours en larmes. Quand je déprime, je dépense ! Et là, je déprime.

Lola, Zoé et Jenifer se sont concertées du regard. Pas le temps de perdre des minutes précieuses en palabres, elles rembourseront Chloé à leur retour. Elles ont tenté d'avoir visuellement l'aval d'Anaïs, sans succès. La belle brune, transformée en sangsue, est accrochée à Robert.

— Houston ! Nous avons un problème, nous n'avons plus de contact avec Anaïs ! soupire Zoé.

Ils ont aussitôt rallié CDG2 de CDG1 et se sont rués sur le comptoir d'enregistrement pour le vol de 13 heures, pour apprendre qu'ils sont en surbooking et que rien ne leur garantit un départ.

Pendant que Chloé fond de nouveau en larmes, Zoé, furieuse, s'adresse à l'hôtesse au sol avec sa diplomatie habituelle :

— Putain, tu vas nous libérer des places ! Connasse ! Et pourquoi vos collègues ne nous ont pas dit qu'on était en liste d'attente lors de l'achat des billets ! Bande de voleurs qui surfent sur la misère des voyageurs !

— Je vous demande de vous calmer ou j'appelle la sécurité ! s'offusque l'hôtesse.

— On a beau dire ce qu'on veut, c'est quand même pas mal de dire ce qu'on pense : Duconne !

Le vent a tourné, Jenifer et Lola préfèrent éloigner Zoé et prennent le relais.

— Comprenez, Madame, nous avons une croisière qui ne nous attendra pas si nous ne sommes pas présents à l'embarquement de 18 heures et notre amie, ajoute Jenifer en désignant Chloé, participe à une session professionnelle à bord. Si elle n'est pas présente, elle risque d'être licenciée. Regardez dans quel état elle est…

Chloé, surprise par la tirade de Jenifer, se mouche bruyamment et lâche naïvement :

— Mais je n'ai pas de session prof…

Elle est arrêtée net par un violent coup de coude de Lola.

L'hôtesse semble se détendre un peu.

— Je vais essayer de vous mettre en liste prioritaire, mais je ne vous promets rien. Il ne reste plus qu'à prier pour qu'il y ait suffisamment de places pour vous tous.

— Prier ? intervient Zoé qui revient à la charge. Si Dieu est tout-puissant, pourquoi le Vatican n'a jamais ramené la moindre médaille des JO ? Hein, pourquoi ?

— Arrête, Zoé ! supplie Jenifer.

**

L'avion vient enfin de décoller de Charles-de-Gaulle. Au dernier moment, ils ont tous été admis à bord. Les filles vont pouvoir profiter sereinement de leur vol et de leur croisière.

Lola, Jenifer et Zoé sont assises dans la rangée de droite. Robert et Anaïs roucoulent dans la rangée de gauche, à côté de Chloé qui renifle encore.

— On a définitivement perdu Anaïs, note Jenifer. Préviens de nouveau Houston ! ajoute-t-elle en souriant à Zoé.

Zoé et Lola penchent la tête pour constater qu'effectivement, Anaïs a la bouche en cœur et regarde, béate d'admiration, Robert qui écrit des poèmes en italien et parle couramment le latin.

— Où est passée notre Anaïs rebelle et féministe ? demande Lola.

— J'viens de dire qu'on l'a perdue !

— Elle doit être en manque, ajoute Zoé.

— Si j'étais hétéro, il ne me brancherait pas, ce type… Bah, ça y est ! L'amour est aveugle ! Ils sont en train de se bécoter ! remarque Jenifer.

— Si l'amour était vraiment aveugle, il n'y aurait pas autant de célibataires moches ! répond Zoé. Non, elle est en manque, un point c'est tout !

Lola soupire.

J'espère qu'Anaïs n'ouvrira pas les yeux trop tard, songe-t-elle. *Robert me paraît un peu plus mégalo que je ne le pensais.*

Zoé, qui semble lire dans les pensées de Lola, ajoute :

— Pour éviter les râteaux, il est préférable de ne pas se planter ! Rassure-toi, elle a besoin de s'éclater un peu, de se changer les idées… Laissons-la faire !

Zoé a raison. Le divorce, le changement de situation financière et l'arrivée de P'tit Loup n'ont pas été des moments faciles pour Anaïs. Elle a vraiment besoin de décompresser !

— C'est Chloé qui va en être malade, relève Jenifer en souriant. Elle qui voulait tant que JR et Anaïs recollent les morceaux, c'est plutôt mal barré !

— Mais au fait, qu'arrive-t-il à Chloé ? s'exclame soudainement Lola. Elle était bien il y a encore une semaine et, depuis ce matin, elle ne fait que pleurer !

— Dérèglement hormonal, d'après ce qu'elle nous a dit hier soir, répond Zoé. Ses hormones ont organisé une grosse kermesse dans son corps.

— Ouais, ajoute Jenifer, ça lui a re-balancé des règles apocalyptiques pour la deuxième fois ce mois-ci.

— Une tornade hormonale aux proportions cosmiques ! relance Zoé.

— Ça m'est arrivé il y a quelques années suite à un arrêt de la pilule, annonce Jenifer. C'était comme si la partie de mon cerveau qui gère les émotions avait pris un gros cocktail de drogues mélangées à une énorme quantité d'alcool avant de foncer droit dans un mur. Émotions disproportionnées, désorientées. Bref, la galère.

Lola jette un coup d'œil à Chloé qui semble aller un peu mieux.

— Elle a un traitement ?

— Oui, elle a vu son gynécologue avant de partir, mais apparemment il faut quelques jours pour que cela fasse effet.

— Vivement qu'elle aille mieux, lance Zoé. Ce matin, notre chat a voulu lui faire un coucou. Réveillée par le cul de Kimy délicatement posé sur son menton, Chloé a fondu en larmes, affirmant qu'elle n'avait pas fini d'en chier. Et elle a failli s'ouvrir les veines avec mon coupe-ongles quand, dans la salle de bains, elle n'a pas pu ouvrir le gel douche.

— En gros, elle peut exploser de rire jusqu'à ne plus pouvoir respirer et, quand elle reprend sa respiration, elle pleure.

— J'espère qu'elle va aller mieux rapidement, s'inquiète Lola, sinon elle va foirer toute sa croisière.

— Et la nôtre aussi, précise Zoé.

Lola se tourne vers Chloé.

— Ça va, ma choupette ?

Chloé, qui a compris que Zoé et Jenifer viennent de relater ses péripéties hormonales, lui lance un pauvre sourire, les yeux à nouveau pleins de larmes :

— C'est la fête, mes yeux pleurent tout seuls. Vive les hormones ! Et puis, se réveiller avec le derrière de Kimy posé sur son visage, c'est dégueulasse !

— C'est propre, un chat ! Surtout Kimy ! intervient Jenifer.

— Non, les chats ne sont pas propres ! Les chats sont couverts de bave de chat !

**

Arrivées à Copenhague, les filles se présentent au tapis de réception des bagages. Et là, pas de bagages. *Nada*, *walou*, que dalle, pas l'ombre d'une roulette ! La moindre valise ou rien, c'est la même chose. Apparemment, le message est mal passé entre les compagnies SAS et Air France et les bagages des filles n'ont pas suivi leurs péripéties aéroportuaires. Zoé, au bord de l'implosion, cherche à se procurer dans les boutiques de l'aéroport un dictionnaire français-danois, de préférence spécialisé dans l'argot local afin de préciser, en termes choisis, sa façon de penser au Ducon du service bagages.

Chloé est victime d'un fou rire hystérique impossible à calmer.

Rien n'a changé pour Anaïs, qui se fiche royalement de tout ce qui l'entoure. Déjà en orbite, elle bave devant Robert qui déforme la réalité comme un lave-linge à 90 degrés agit sur un pull en cachemire.

Lola et Jenifer se précipitent vers les représentants de Cost Croisières pour avoir un avis sur la conduite à tenir. Ce problème leur échappant, ils ne peuvent rien faire. Ils leur conseillent de monter à bord du navire, quitte à prendre le risque de tout perdre : pas de remboursement de croisière possible. Charge à eux, une fois à bord, de faire le nécessaire pour récupérer lesdits bagages et de les faire acheminer, via une compagnie aérienne, à la première escale du navire.

Les filles – sauf Anaïs, toujours en apesanteur – se concertent et décident finalement de prendre la navette pour le port et d'embarquer sur le *Luminosos*.

La prochaine escale est prévue le lendemain à Flam en Norvège. Elles pourront tenir le coup 24 heures !

Dans la navette, Lola, Jenifer, Zoé et Chloé sont installées au fond du bus.

Anaïs et Robert batifolent dans la rangée précédente.

C'est trop mignon : un peu plus loin, une petite fille, très sage, chantonne *Au clair de la Lune* devant son petit ordinateur. Les filles sont toutes attendries.

Épuisées par les émotions de la journée, elles écoutent machinalement Robert qui, entre deux bécotages, annonce à Anaïs en mode pilotage automatique qu'il est aussi dresseur de chiens pour aveugles.

— La série *Lie to me* n'a aucun secret pour lui, constate Zoé.

Lola se contente de hausser les épaules, fataliste.

— Dès qu'on a un moment, il faudra penser à greffer un nouveau cerveau à Anaïs, ajoute Jenifer.

— Une bonne petite trépanation à bord ! répond Lola. Dès qu'on a nos bagages, on attaque sa boîte « crânière » au rasoir !

Les filles s'esclaffent quand soudain Chloé pousse un cri strident qui les fait toutes sursauter.

— Mais t'es folle ! T'as failli me crever les tympans ! Qu'est-ce qui te prend ? braille Jenifer.

— C'est la merde ! C'est la merde ! explique Chloé en fondant à nouveau en larmes.

— Mais encore ? demande Zoé, narquoise.

— Le vol Paris-Copenhague était plein et, faute de place à bord, ils ont pris mon bagage cabine pour le mettre en soute !

— Et ? demandent en chœur Lola et Jenifer.

— Et mon traitement hormonal est dedans !

— Et où est ton bagage cabine, maintenant ?

— Avec la panique des valises qui ne sont pas arrivées, je n'y ai plus pensé, je l'ai oublié. Il doit encore tourner sur le carrousel à bagages.

— Mais pourquoi tu les as laissés te prendre ton bagage cabine ?

— Ils m'ont dit qu'il était trop gros !

— Oh putain ! s'exclame Zoé en se prenant la tête à deux mains. Une valise d'un mètre sur deux, en poussant, c'est un format cabine ! T'as pas fini de nous casser les bonbons, toi ! Au retour de vacances, tu seras une experte à Candy Crush Saga ! Punaise, elle commence fort, la croisière zen, silence et nature ! Entre l'une qui part en vrille à cause de ses hormones, l'autre qui a le cul d'une navette spatiale au décollage, et le mytho qui, la dernière fois qu'il s'est posé sur la Lune, a été accueilli par un Chinois avec des serviettes chaudes ! Moi, j'vous dis qu'on est mal barrées. (Puis, s'adressant à Robert) Bientôt, tu vas nous faire avaler que quand tu mets ton iPhone en mode avion, un steward vient te demander si tu veux quelque chose à boire ? Hein, c'est ça ?

Le volcan Zoé est prêt à exploser, mais comme toute catastrophe naturelle, on ne sait jamais où et quand il le fera.

Chloé fond de nouveau en larmes.

— T'as encore de quoi pleurer, toi ! s'écrie Zoé. Positive, tu pisseras moins ! C'est déjà ça de gagné !

Lola et Jenifer tentent de maîtriser ou tout du moins de canaliser l'éruption volcanique imminente.

La petite fille chantonne de plus en plus fort au *Clair de la Lune* en mettant à fond le son de son petit ordinateur.

— MAIS ELLE VA FINIR PAR FERMER SA GUEULE, LA MIOCHE !

Trop tard ! songe Lola en se faisant toute petite sur son siège.

L'éruption vient d'avoir lieu.

3.

Si la barbe blanche engendrait la sagesse, nous écouterions les chèvres. (Anaïs)

Enfin l'appareillage du *Luminosos* et la prise de possession des cabines. Jenifer soupire de soulagement. Il était prévu que les cinq filles se partagent une suite Samsara avec balcon et que Robert profite d'une autre cabine. Sauf qu'Anaïs a filé en douce avec lui.

Lola est vexée que son amie leur préfère Robert.

— Qu'elle y reste ! J'espère juste qu'on finira par la voir avant la fin de la croisière.

— Elle nous rejoindra au spa dans une heure, tempère Chloé.

— On va avoir plus de place pour nous ! ajoute Jenifer avant de s'extasier sur la suite donnant sur un magnifique balcon vue mer.

— Évidemment que c'est vue mer ! Pour un bateau, tu voulais quoi comme vue ? précise Lola en souriant.

Zoé lit à haute voix la brochure mise à leur disposition :

— « La salle de bains dispose d'une baignoire avec hydro-massages. Télévision et téléphone satellite, Wi-Fi, minibar bien garni. La cabine inclut un accès direct au spa privé avec rituel de bienvenue : invitation à la cérémonie du thé, évaluation et conseils personnalisés, fitness, méditation, soins au choix. » Cérémonie du thé ? Mais on va dans les fjords, pas en Asie ! ricane Zoé.

— M'en fiche ! répond Lola en enfilant le peignoir et les pantoufles mis à leur disposition. Moi, je file au spa, j'ai bien besoin d'un massage avant le dîner !

— Attends-nous ! répondent les filles en chœur.

— Mais comment on va s'habiller ce soir ? On n'a même pas de quoi se changer ! demande Chloé.

— Le personnel de bord doit nous apporter de quoi nous dépanner, rassure Lola. Allez, zou ! Au spa !

Le spa est une véritable invitation à la détente. Le bleu et le blanc prédominent dans une décoration d'inspiration sous-marine. Avec cinq cabines de soins et deux douches multi-sensorielles, ce spa propose un ensemble de soins et d'activités diverses. Sauna avec télévision, hammam, douche de glace, salle de repos, sans oublier la piscine de quinze mètres avec ses jets et son rideau d'eau pour se détendre.

Les filles sont aux anges et profitent largement de toutes les prestations. Elles sont tranquillement installées dans des transats autour de la piscine quand Anaïs les rejoint.

— T'as lâché Pinocchio ? Tu vas survivre ? plaisante Jenifer.

— Alors, quoi de neuf pour Robert : c'est un enfant adopté, épileptique ? Il a une sœur sourde et muette ? Il parle couramment la langue des signes ? Il a fait deux fois le tour du monde en montgolfière ? surenchérit Zoé, hilare.

Anaïs les snobe et se glisse dans l'eau.

— Il ment comme il respire, mais il ne m'a pas raconté d'histoires sur un point…

— Lequel ? demandent les filles, curieuses.

— Il a un grand sexe ! laisse échapper Anaïs avant de mettre la tête sous l'eau.

— Un grand quoi ? s'exclament les filles qui ont pourtant bien compris.

— Mais comment tu le sais ? demande Lola à Anaïs qui vient de réapparaître à la surface.

— Ben, parce qu'on a fait l'amour, banane !

— Dans sa cabine ?

— Oui, il y a moins d'une heure, mais aussi dans le Paris-Copenhague ! précise Anaïs avant de replonger sous l'eau.

— Dans le Paris-Copenhague ! s'exclame Lola, époustouflée.

— Je t'avais dit qu'elle est en manque ! rétorque Zoé.

— C'est vrai qu'ils sont partis un moment à l'arrière de l'avion, se rappelle Chloé.

Anaïs sort de l'eau, enfile son peignoir et met une serviette en turban autour de ses cheveux mouillés.

— Vous avez fait ça dans les toilettes de l'avion ?

— Arrête de me regarder avec des yeux comme des soucoupes volantes, Lola ! Oui, on l'a fait dans l'avion et je crois finalement qu'il a encore menti : son sexe n'est pas grand, il est juste énorme !

— Anaïs victime de l'arme fatale de Pinocchio, de sa *lethal weapon*, lâche laconiquement Zoé.

— Et je me fous de ses petits mensonges comme de ma première masturbation ! Fais-moi un peu de place sur ton transat, Lola.

Lola s'exécute machinalement, toujours sous le choc.

— Depuis mon divorce, sexuellement, je suis insatiable, avoue Anaïs. Un peu comme si je voulais combler un manque. Je me suis transformée en chalutier du sexe et je ratisse large.

Les filles l'observent, perplexes.

— Ça va ! Arrêtez de me regarder comme ça ! Ce n'est pas parce que je passe la plupart de mon temps libre à vocaliser, les gambettes en l'air, que je suis une dépravée ! Bon, au XIXe siècle, j'aurais subi douches froides et autres brimades. Mais de nos jours, dans notre société hypersexuée, les femmes comme moi sont plutôt mises en valeur. On vit une époque formidable, non ?

Jenifer attrape la main d'Anaïs en signe de consentement.

Les autres filles restent silencieuses. Anaïs, belle brune aux yeux verts, a toujours été une féministe convaincue, une rebelle. Dans le couple qu'elle formait avec JR, c'était elle qui portait la culotte. Elle a toujours eu un côté un peu mante religieuse, mais de là à basculer dans la dépendance sexuelle, il y a un gouffre, enfin plutôt la faille de San Andreas. Zoé rompt le silence gêné qui s'est installé et qui, s'il dure une seconde de plus, va finir par vexer Anaïs.

— Bon, si certaines femmes sont un peu frigides, genre frigidaire ou banquise pour les cas les plus graves, Anaïs est désormais experte en évolution de Pokémon masculins ! Et ce n'est pas moi, lesbienne et coureuse de jupons, qui vais te juger !

— Coureuse de jupons ? relève Jenifer.

— Jusqu'à ce que je te rencontre, évidemment ! précise Zoé afin d'éviter un départ de feu.

— Merci, Zoé, je savais que toi et Jenifer, vous me comprendriez.

Lola et Chloé se ressaisissent.

— Mais nous aussi, on te comprend ! Fais ta vie, éclate-toi ! Nous sommes tes amies, hors de question de te juger ! Mais essaie de passer un peu plus de temps avec nous pendant cette croisière, ajoute prudemment Lola en souriant.

— Promis ! répond solennellement Anaïs.

— Bon, on a un Pinocchio, un cyclone hormonal et désormais une chaudière ! la taquine Jenifer.

— Anaïs ou la Death Valley américaine à elle toute seule, humidité en plus ! ajoute Zoé.

Les filles s'esclaffent.

— L'heure du dîner approche. Si on retournait en cabine voir ce que le personnel de bord a pu nous trouver pour s'habiller ? propose Lola.

— Rob et moi avons eu nos packs de dépannage avant que je vienne vous rejoindre, répond Anaïs.

— Et y a quoi dedans ?

— Euh…, hésite Anaïs. Vous allez tirer la tronche : c'est un pack de survie, pas un pack de *fashion victim*.

— Explique ! s'écrie Zoé.

— Ben, on a eu chacune une pochette contenant deux culottes et un bandeau faisant office de soutien-gorge, le tout en papier. Un tube de dentifrice pour écureuil nain, une brosse à dents, une brosse à cheveux qui pourrait être utile en jardinerie puisqu'elle ressemble plus à un râteau, un mini flacon corporel, deux cotons-tiges, une lime et deux cotons pour le démaquillage…

— C'est tout ? recommence à couiner Chloé.

— Euh, non… Deux bas de jogging et deux tee-shirts taille unique estampillés « Cost Croisières ».

— Et on va aller au restaurant comme ça ? demande Lola.

— Ben, je crois qu'on n'a pas trop le choix, répond Anaïs, impuissante.

Le volcan Zoé commence à gronder de nouveau.

— On fait comme ça pour ce soir, tente de l'apaiser Jenifer. Et demain matin, on ira acheter deux ou trois vêtements dans les boutiques du navire en attendant l'arrivée de nos bagages.

— Demain, shopping ! confirme Zoé qui fulmine. Il ne me semblait pas avoir réservé pour une croisière du genre les « Culs nus dans les fjords » !

*

Les filles et Rob ont rapidement dîné au restaurant. Ils sont arrivés discrètement et repartis dès la dernière bouchée du dessert avalée. Les baskets étant dans les valises, les filles étaient un peu mal à l'aise de se balader en jogging « Cost Croisières » avec des petits escarpins. Les hormones de Chloé ont encore grincé pendant le repas. Demeurant dans les Yvelines, elle n'a pas souvent l'occasion d'aller sur Paris et de passer du temps avec Zoé et Jenifer, encore moins de descendre dans le Sud où habitent Anaïs et Lola. Elle leur a fait part de son manque de connaissances à Rambouillet et de sa solitude.

— Essaie de te faire des amies à ta salle de sport, a suggéré Jenifer.

— C'est ce que j'essaie de faire ! a piaillé Chloé. J'ai une copine, mais elle est tellement tête en l'air qu'on n'arrive jamais à se voir pour boire un café ou faire les magasins !

— Comment ça, tête en l'air ? a demandé Lola en se resservant du délicieux tartare de saumon.

— Ben, un jour, à la salle de sport, je lui ai demandé son numéro de téléphone. Plus tard, j'ai essayé d'appeler, mais il n'y avait que neuf chiffres, au lieu de dix. Quelle écervelée, celle-là ! Alors, j'ai essayé avec tous les chiffres possibles. On m'a dit quatre fois que le numéro n'était pas attribué, deux fois que le portable était éteint ou en dehors de la zone de couverture, je suis tombée deux autres fois sur des mecs qui m'ont harcelée, une fois sur une boucherie. Et… ah oui ! Une autre fois, sur une petite vieille qui ne cesse de me rappeler, me prenant pour son aide à domicile.

Les filles ont échangé discrètement des regards lourds de sous-entendus : Chloé a-t-elle viré « *loseuse* » ?

— J'ai essayé aussi de l'ajouter sur Facebook, a continué de miauler Chloé, mais elle ne doit pas voir mes demandes d'ajout… J'vous l'dis, c'est une vraie tête en l'air, cette nana !

Les filles ont piqué du nez dans leur assiette à dessert désormais vide.

— Vous en pensez quoi, vous ? a relancé Chloé, un peu déçue du silence qui s'est installé.

Anaïs a aussitôt changé de conversation :

— Qui veut prendre l'air sur le pont supérieur ?

— Bonne idée ! ont répondu les autres, ravies d'échapper à la question.

— Merci ! Sympa, les filles ! a pleurniché Chloé.

— Tu ne vois pas qu'elle s'est fichue de toi ! Zappe cette conne ! T'es trop naïve, Chloé !

Zoé venait de lâcher une bombe.

Chloé a recommencé à dégouliner.

— Elle s'est fichue de moi ?

— T'aurais pu y aller mollo, Zoé ! est intervenue Lola.

— Ben quoi ! Je déteste qu'on fasse passer mes amies pour des connes, mais apparemment, Chloé y arrive très bien toute seule ! Il faut lui ouvrir les yeux !

— Mouais, dans l'immédiat, faudrait d'abord calmer le torrent qui s'en déverse à nouveau, a constaté Anaïs.

*
*

Après un passage éclair sur le pont supérieur, les filles se retrouvent toutes dans la suite pour boire un dernier verre. Chloé larmoie encore un peu et Zoé fait la gueule.

La visite du pont s'est passée en moins de temps qu'il n'en faut pour l'écrire. Aussi rapide qu'un chat tombé dans une baignoire remplie d'eau... Pendant que Robert bavassait sur le fait qu'il est un amoureux de l'aventure devant une Anaïs tout émoustillée, Zoé, cheveux au vent, admirait la beauté infinie de l'océan sous le clair de lune. Pendant ce temps, l'aventurier-mythomane disait parcourir le monde à la recherche de mieux. En fait, c'est un aventurier-trouillard qui a peur de tout et sa moindre confrontation au danger tourne à l'exploit. Surtout quand Anaïs, frétillante comme un gardon, lui a proposé de faire le *remake* de la scène de *Titanic*, ce qu'il a décliné tout en assurant qu'il cherche obstinément l'aventure. *Mais bien évidemment, il ne la trouve jamais,* soupire Lola. *Et surtout, il ne sait pas qu'il est ridicule. Anaïs non plus, d'ailleurs, beaucoup plus intéressée par sa volumineuse troisième jambe.*

Bref, pendant que Robert continuait à caqueter, Zoé s'est appuyée sur le bastingage. La consistance de ce qu'elle a senti sous ses doigts était étrange. Après une brève vérification, un passager avait mal supporté la traversée précédente et personne n'a nettoyé.

La gueulante qu'a poussée Zoé ressemblait à l'alerte d'un matelot à la vue d'un iceberg droit devant et elle a failli envoyer Indiana Bob par-dessus bord. Les filles ont dû s'y mettre à trois pour la retenir pendant qu'Anaïs faisait comprendre à Robert qu'il était temps pour lui de la boucler.

Affalées sur les lits, les filles sont épuisées de leur journée. Anaïs, qui a bien retenu le message de Lola au spa, les a rejointes pour passer un petit moment tranquille avec elles avant de dormir.

— Après mon divorce, ma vie sentimentale a été aussi foireuse qu'une chanson de Patrick Sébastien, explique-t-elle. À cette époque-là, le seul qui voulait bien me prendre, c'était le bus. Le véritable itinéraire d'une pintade normale ou d'une « célib à terre ».

Les filles tombent de sommeil, mais résistent à l'appel de Morphée. Anaïs semble avoir besoin de parler.

— Le premier mec après mon divorce, je l'ai connu sur un site de rencontres. Au premier rendez-vous, le feeling semble passer, on passe quelques soirées sympas jusqu'à ce qu'il me dise dix jours plus tard : « En fait, je crois que je ne veux pas être en couple ». Depuis, il cherche encore l'amour sur ce site… Cherchez l'erreur ! Un autre, après une nuit d'amour, m'écrit : « Je pensais sincèrement qu'on serait ensemble, même si je ne nous vois aucun avenir commun ». Un troisième, avec qui j'avais rendez-vous : « Je ne suis pas venu, j'ai eu trop peur de tomber amoureux de toi, je n'aurais pas su gérer, comprends-moi » ! Et c'est qui, la pintade ? C'est bibi ! J'étais une bonne poire terriblement pathétique. Alors, j'ai décidé de me consoler en ne sortant qu'avec des types canon, qui ne cherchent qu'à se faire plaisir avec une jolie femme. Et je ne les lâche pas ! Certains s'enfuient même en courant ! sourit Anaïs.

— C'est donc comme ça que t'es devenue nympho ? demande Chloé en bâillant.

— C'est pas une nympho ! s'énerve Zoé, toujours en rogne. C'est une femme ayant les mêmes besoins qu'un homme. Une « fille facile » pour les enfoirés, les abrutis disent aussi « salope ».

— On est vite cataloguées, constate Anaïs. Bref, le mariage est le meilleur moyen de passer le temps en attendant de rencontrer l'homme idéal ! Et j'ai pas suffisamment patienté, car le temps me semble long…

Les filles acquiescent en essayant de rester éveillées. Lola grommelle quelque chose à son oreiller ; Jenifer ronfle déjà, la bouche ouverte.

Anaïs se décide enfin à les laisser se reposer.

— Bon, je vais aller retrouver Bob, vous tombez toutes de sommeil. À demain !

— À demouin, marmonne Chloé en se frottant les yeux.

— Demain ! lâche Zoé, en se calant sous les draps. Punaise ! Je suis tellement fatiguée que j'ai l'impression d'être encore hier !

— Bonne nuit, les filles ! chuchote Anaïs avant de refermer la porte de la cabine.

— Au fait, Anaïs…

— Oui, Zoé ?

— C'est la pleine lune… Avec un peu de chance, Indiana Bob va apercevoir un petit Chinois occupé à préparer le prochain iPhone !

4.

Les capotes sont cuites ! (Robert)

Les filles ont bien dormi, sauf Anaïs qui apparaît au restaurant pour le petit déjeuner avec des cernes sous les yeux.

— Tiens, t'as trouvé nos valises ! plaisante Zoé.

Anaïs se contente de lui tirer la langue.

— Eh ben dis donc ! surenchérit Jenifer. Le café que l'on vient de te servir est tellement noir qu'il pourrait te chanter *Happy days* !

— Fichez-moi la paix ! râle Anaïs. Avant de vous foutre de moi, rappelez-vous que les moustiques seront probablement les seuls à vous trouver attirantes cet été !

— J'ai l'impression que t'as bien profité du minibar aussi, t'as une sacrée gueule de bois !

— Je ne suis pas forte en maths, mais au moins, je sais combien un verre compte pour moi ! Oui, je sais, j'ai une telle tête ce matin que même le miroir met du temps à réfléchir.

Les filles s'esclaffent.

*
**

Deuxième jour de croisière, le bateau vient de faire escale à Flam, village pittoresque de Norvège d'une beauté naturelle spectaculaire et les filles ont bien l'intention de profiter du contact avec la nature, de la culture et des traditions locales.

Mais il faut d'abord récupérer leurs bagages remplis de vêtements chauds. Lola et Jenifer se sont proposées pour aller faire un tour au service chargé de ce suivi de valises. Réponse laconique dudit service : « On a fait le nécessaire depuis votre déclaration de perte, mais on n'a pas plus d'informations. »

Les filles reviennent à table pour annoncer la mauvaise nouvelle.

— Ils nous tiennent au courant dès qu'ils ont du nouveau, tente de les rassurer Jenifer, devant les mines dépitées des filles.

— Ils vont nous livrer de nouveaux peignoirs dans nos cabines ce matin, ajoute Lola.

— De nouveaux peignoirs ? Pour la soirée du commandant ? chouine Chloé.

— Pitié, qu'on retrouve les médocs de celle-là ! s'emporte Zoé. Je ne supporte plus de la voir dégouliner à longueur de journée !

— Adieu Flam, son fjord, la nature…, maugrée Anaïs, le nez dans sa tasse de café.

— Parce que tu pensais visiter autre chose que la cabine de Robert pendant cette croisière ?

Pour toute réponse, Anaïs menace Lola de lui renverser le sucrier sur la tête.

— Hors de question qu'on rate une escale, il y a bien des magasins de fringues à bord ! On y va !

Jenifer est bien décidée à voir du pays. Les filles conviennent de s'y rendre immédiatement. En sortant du restaurant, elles croisent Robert.

— Alors, Pinocchio, lance Zoé en lui tapant sur l'épaule, t'as fait le plein de mensonges à raconter pour la journée ?

— Ah, si les femmes posaient moins de questions, les hommes mentiraient moins, lui répond-il du tac au tac.

— Il n'a pas tort, glisse Chloé à Lola qui acquiesce.

— En tout cas, il vient de clouer le bec à Zoé ! s'esclaffe Jenifer.

— Yeaaaaaaahhhh ! s'écrie Anaïs, arrivée la première devant le magasin. Il y a des soldes ! L'orgasme consumérique va enfin être atteint ! La jouissance coupable à son apogée ! Sauf pour moi, les filles ! Les euros me manquent, si bien que je n'ai même pas de quoi m'acheter une culotte chez un Tati qui ferait faillite !

— Ne t'inquiète pas, la rassure Lola, on va s'occuper de tes achats.

Les filles rentrent dans le magasin, pour en ressortir quelques instants plus tard, déconfites. Elles ont explosé leurs cartes de crédit pour quelques dessous de base : chaussettes, culottes et soutiens-gorge, une paire de baskets, deux tee-shirts « Cost Croisières » orange et jaune et un bas de jogging assorti. Et pas le moindre vêtement chaud alors que la température maximum à l'extérieur n'est que de dix degrés à midi, en plein soleil. Et là, il est 11 heures, le ciel est nuageux et il fait un vent à se transformer en fanion dès le premier pas sur le pont.

— J'ai bien envie d'aller balancer un coup de cornemuse au service réclamation des bagages ! lance Zoé, furieuse. Ils ont intérêt à nous rembourser nos achats dans leur boutique de voleurs notoires !

— Ils ne le feront pas, répond prudemment Lola.

— Ah bon, et pourquoi ? la défie Zoé.

— Parce qu'ils ne sont pas responsables, le problème vient de SAS, la compagnie aérienne.

— Tu veux dire que personne ne va me rembourser les vingt euros dépensés pour cette horrible culotte de grand-mère avec la photo du *Luminosos* sur les fesses ? commence à rugir Zoé en prenant à témoin d'autres passagers.

Chloé fond à nouveau en larmes. Zoé est à bout de nerfs.

— Elle va arrêter de braire ! Je vais la balancer par-dessus bord, celle-là aussi ! Je ne supporte plus ses piaillements ! Arrête de baver des clignotants, Chloé, merde !

Chloé, qui était en train de se moucher bruyamment, s'arrête net. Elle regarde Zoé droit dans les yeux, semblant réfléchir un instant, puis se dirige, stoïque, à l'intérieur du magasin, pour en ressortir quelques minutes plus tard avec un coupe-vent lui aussi tatoué « Cost Croisières ».

— Qu'est-ce que tu fabriques ? demande Jenifer en voyant Chloé s'éloigner.

— Je vais prendre quelques affaires dans la cabine et je descends à l'escale ! Hors de question que je reste enfermée sur ce bateau avec cette cinglée ! riposte-t-elle en désignant Zoé du menton. Il y a une personne de trop à bord et je pense que c'est moi !

Sur ce, Chloé part, digne, la tête haute, telle une reine humiliée, et surtout sans se retourner.

Lola, prête à bondir derrière Chloé, est rattrapée par Jenifer.

— Laisse-la, ça va lui faire du bien de prendre l'air.

— C'est pas l'air qu'elle va prendre, c'est une pneumonie !

— C'est soit la pneumonie, soit elle se fait étrangler par Zoé d'ici la fin de la journée. À toi de voir !

Lola soupire en regardant Chloé s'éloigner.

Pendant ce temps, Anaïs – qui ressemble un peu plus à un hareng malade qui aurait nagé dans du vomi de phoque – et Zoé – remontée comme un ressort de la mort qui tue des cacahuètes – discutent du coût de la vie :

— Mon garagiste n'a que 46 ans et pourtant, si j'additionne toutes les heures qu'il m'a facturées, il a aux alentours de 108 ans !

— Cinquante euros le CD de compilation des meilleurs titres de l'année, tu te rends compte ? Et tout ça pour l'intégrale des Morning Mumuse, à mi-chemin entre du Damon Albarn et du Bibi le Chien !

— Bibi le Chien ?

— Un grand artiste, malheureusement peu connu…, répond Anaïs.

Les filles pouffent.

— Bon, ce n'est pas le tout, mais on fait quoi, nous ?

— Je pense que je vais aller me reposer un peu.

— Tu fais bien, Anaïs, répond Jenifer, t'as vraiment une sale tronche. Le mal de mer ?

— Un peu, je crois, avoue-t-elle. Je file à la cabine de Robert. On se retrouve à quelle heure ?

— Après 15 heures, lance Zoé en rigolant. Hors de question de me déranger entre 14 et 15 heures, on a la télévision satellite et y a *Les Feux de l'amour* !

— Depuis quand tu regardes ça, toi ? demande Jenifer, intriguée.

— Depuis qu'on est culs nus dans les fjords !

Les filles ne savent que faire de leur après-midi, aussi décident-elles de se retrouver au simulateur de golf. Il n'y a quasi personne à bord, tous les passagers sont descendus lors de l'escale, tout comme Chloé. Elles s'installent confortablement dans les sièges du simulateur *indoor* et décident de jouer l'une après l'autre. Cet équipement vidéo-informatique permet de jouer pratiquement comme si elles étaient en extérieur avec clubs, balles et parcours, selon les règles internationales du golf. Zoé s'y colle la première. Anaïs les a rejointes. Elle semble aller un peu mieux.

— Robert n'est pas avec toi ? demande Lola.

— Non, il a sympathisé avec deux passagers.

— Pinocchio est maintenant P.-D.G. d'une grande chaîne de fast-food qui marche très bien en Papouasie Nouvelle-Guinée ? plaisante Zoé en travaillant son alignement.

— Et comment va son duplex avec vue sur l'Arc de triomphe ? se bidonne Jenifer.

— Eh, oh, les golfeuses du dimanche ! On se calme !

— Il n'empêche que ton Robert est un sacré menteur ! Et tu ne pourras jamais le changer, c'est pathologique !

— C'est un peu ça, confirme Anaïs. C'est vrai que cela doit être usant à la fin.

— Bah, il ment comme il respire, un vrai artiste du mensonge. C'est compulsif ! précise Jenifer.

— Je pense que c'est pour ça qu'il est divorcé, sa femme n'a pas pu tenir le coup. Et j'ai l'impression que son état ne va pas en s'arrangeant, constate Lola.

— Clair qu'au bout d'un moment, ça devient lourd, ajoute Jenifer.

— Vaut mieux le prendre avec humour, c'est ce que je fais au bureau, précise Lola. La plupart du temps, je fais comme si je n'avais pas entendu et je l'imagine en train de brasser du vent frénétiquement, ses bras déployés comme des ailes d'oiseau dans un mouvement aussi gracieux que je m'appelle Jean-Pierre ! Il me fait penser à Eurêka dans *La Petite Sirène* !

— L'humour, c'est le lubrifiant du lourd qui patauge dans ses étrons, balance Zoé en position de *back swing*, prête à gifler la balle vers la cible.

— Ouais, et dans les sociétés primitives, lorsque les indigènes frappaient le sol avec un bâton en râlant, on appelait ça de la sorcellerie. De nos jours, on dit que Zoé fait du golf...

Les filles sourient.

— Ça va mieux, ton mal de mer ? demande Jenifer.

— C'est plutôt la gueule de bois, avoue Anaïs. C'était la première fois depuis longtemps que je passais une nuit entière avec un homme. Et j'ai, depuis quelque temps, expérimenté le fait que boire un peu avant de faire le grand saut dans le lit de l'homme qu'on convoite pouvait aider à briser la glace et prendre confiance en soi. N'étant pas forcément dotée d'une estime de moi très élevée en ce moment – sur une échelle de 1 à 10, j'atteins allègrement les -715 par rapport au niveau de la mer –, je me suis donc enfilé quelques mignonnettes du minibar, ça m'a aidée à balancer mon slip par-dessus tête sans trop d'arrière-pensées. De plus, l'alcool brouille peut-être la vue de mon partenaire de galipettes et l'empêche de remarquer ma cellulite.

— Douce illusion ! relève Jenifer.

— Douce illusion, certes, mais j'étais pétée. Alors bon, voilà, quoi, un peu de tolérance, que diable ! Bref, je m'enfile encore deux mignonnettes de rhum, un alcool à me casser en deux encore plus rapidement qu'une rediffusion de *La Chance aux chansons* un dimanche après-midi.

— Alors, vous l'avez fait dans l'avion, dans sa cabine quand on est arrivés à bord et...

— Deux fois cette nuit et une fois ce matin, coupe Anaïs.

— Vous visez la Coupe du monde du sexe ? demande Lola en rigolant.

— Je peux finir, les filles ?

— Vas-y, Anaïs, lance Zoé qui effectue une chandelle.

— Bon, j'ouvre à nouveau le frigo du minibar et les mignonnettes de vodka ont littéralement roulé jusqu'à mes mains… Je n'ai pas pu ignorer ce signe de Dieu !

Les filles pouffent.

— Au moment de me désaper de manière sensuelle et sexy – enfin, je pense –, je reste bloquée dans ma robe et me transforme en abat-jour, grognant pendant une durée de 3 minutes et 26 secondes. En voulant rouler dans le lit comme dans les comédies romantiques venant des « Zéta Zunies », je me pète la tronche de manière artistique, genre triple salto arrière avec réception parfaite sur le côté !

— Et alors ?

— Et alors, le jury composé de moi-même est unanime et la sentence est irrévocable : en plus de la gueule de bois, j'ai une bosse de la taille d'une orange et toute la palette de couleurs de Paint sur la cuisse. Et dans ma chute, j'ai dû faire mal à Rob, car il souffre de la hanche.

— Vous devriez faire attention ! Vous allez finir par vous faire mal ! intervient Jenifer en souriant.

— Une vraie mante religieuse ! En fait, t'es vraiment une nympho, la taquine Zoé en contrôlant son score. Ça me rappelle ce copain, interne en anesthésie-réanimation qui, lors d'une galette des rois dans son service, avait préféré avaler la fève plutôt que de choisir comme reine sa chef de service, une nympho furieusement folle de lui !

— Tu me compares à cette nana ?

— Passe-moi le club, à moi de jouer, intervient Jenifer.

Zoé s'exécute et va bisouiller Anaïs sur le front.

— Mais non ! Tu le sais bien ! Je te taquine, c'est tout !

— Eh bien moi, intervient Lola, je me rappelle avec douleur le lapsus involontaire que j'avais sorti à mon prof de faculté dans un amphithéâtre plein à craquer. Tremblante d'émotion, ma langue avait fourché et le « quatre mois sans succès » s'était transformé en « quatre mois sans sucer ». J'ai dû changer de fac. Je n'ai pas pu assumer d'être taxée de nympho refoulée le restant de l'année.

Jenifer tend quelques clubs à Anaïs et Lola.

— Vous voulez jouer ?

Les filles déclinent l'invitation.

— Dans tous les cas, si aimer faire souvent l'amour est un défaut, j'ai appris à vivre avec et maintenant on est inséparables, sourit Anaïs pour conclure.

— J'ai bien envie de retourner à la cabine, les passagers commencent à remonter à bord, je souhaiterais avoir des nouvelles de Chloé.

Jenifer et Zoé décident de faire une dernière partie. Anaïs se propose d'accompagner Lola.

En chemin vers la cabine, Anaïs se laisse aller à quelques confidences.

— Il est temps que je me réconcilie avec Chloé.

— Te réconcilier avec Chloé ? s'étonne Lola. Mais vous n'êtes même pas fâchées.

— J'ai pourtant le sentiment que oui, soupire Anaïs. J'ai mûri, aussi suis-je prête à tirer un trait sur les 5 000 euros que je lui dois, et j'espère qu'elle aussi, s'esclaffe-t-elle.

Lola, étonnée, regarde son amie tout en déverrouillant la porte de la cabine.

— Elle t'a passé 5 000 euros ? Mais comment a-t-elle pu ?

N'entendant pas de réponse, Lola lève les yeux vers Anaïs qui, les yeux ronds comme des billes et la bouche grande ouverte, regarde l'intérieur de la cabine. Lola suit son regard pour découvrir une montagne de sacs de shopping, remplis de pull-overs, de doudounes, de pantalons, de manteaux, de bottes fourrées. Dans un sac, un stock de produits de toilette et de maquillage ; dans un autre, une armada de ravissantes culottes et de soutiens-gorge.

Les deux amies se regardent, perplexes.

— Mais que s'est-il passé, ici ?

— Il paraît que le père Noël habite dans le coin, c'est peut-être lui ? répond Anaïs en montrant l'étiquette hors de prix d'une culotte en dentelle.

5.

Sans mes yeux, mes lunettes ne verraient pas grand-chose !
(Éléonore)

C'est la soirée du commandant. Dans l'un des plus beaux restaurants du navire, une table de huit est affectée aux filles et à Robert. Grâce à la visite du père Noël dans leur cabine, elles ont pu se changer et sont ravies. Les conversations vont bon train, même sur un bateau. Deux dames se joignent à leur table et chacune ne tarde pas à se présenter. L'une se prénomme Marguerite et l'autre Éléonore. *Quel âge peuvent-elles bien avoir ?* songe Lola. Deux veuves qui, au hasard d'une rencontre, se sont liées d'amitié et ont décidé d'effectuer des croisières ensemble.

Marguerite est légèrement voûtée, vêtue sobrement, sans fioritures ni bijoux de valeur. Les filles devinent qu'elle est de condition modeste. Elle arbore un sourire discret. Deux petits yeux vifs et malicieux. Un regard pétillant de curiosité. Elle reste très discrète, mais respire la joie de vivre. Éléonore est totalement différente. Buste très droit, port altier, vêtements de haute couture, bijoux de famille – les vrais – avec, entre autres, une broche camée épinglée sur le corsage. Coiffure apprêtée, maquillage subtil, mais sans excès, lèvres et ongles d'un vermillon impeccable, tout en elle est raffiné. Beaucoup d'élégance et une touche de préciosité dans les gestes indiquent une origine aristocratique. Le visage est sévère et le regard qu'elle pose sur Robert qui fanfaronne est perçant.

— On a Pinocchio, un four à induction, les hormones en folie et maintenant Les Vamps, dont une à mi-chemin entre la reine Élisabeth et Margaret Thatcher ! marmonne Zoé à Jenifer qui s'esclaffe.

— Qui veut un cocktail ?

Lola et Anaïs lèvent la main comme deux bonnes élèves.

— Il paraît que la mode des cocktails avant les repas a été lancée par un cuisinier qui avait brûlé le rôti ! plaisante Chloé.

Pendant ce temps, Robert montre les pyramides qu'il a dessinées sur son carnet lors de son passage en Égypte. Elles sont perdues dans le désert, à des kilomètres et des kilomètres de la civilisation à dos de dromadaire, se vante-t-il.

— T'as juste oublié les nuages de pollution et les files interminables de touristes qui cachent quotidiennement les pieds des pyramides !

Zoé vient de larguer son premier missile.

Mais d'après Robert, les pyramides sont belles et New Delhi est extraordinaire.

— Sauf que Delhi pue la pisse et qu'il y a un McDo à chaque coin de rue !

Second missile. Zoé est très en forme.

— Notre compagnon de voyage est très loquace, s'excuse Jenifer auprès d'Éléonore qui, d'un petit signe de la tête, lui fait comprendre qu'elle a bien cerné le personnage.

— Un voyageur contempourien ! rajoute Zoé en rigolant.

Mais Robert n'en a que faire. Il aime les mensonges de l'extrême et adore briller en société et ses histoires provoquent ce soir des « Racontez ! », « Ce n'est pas possible ! » de la part de Marguerite, public médusé et crédule. Mais ce que Robert préfère, ce sont les mensonges qui provoquent d'autres mensonges encore pires, de type : « Moi aussi ! » Il est bénévole aux Restos du Cœur. Il donne de l'argent deux fois par an au Téléthon. Il s'est battu plusieurs fois dans la rue pour défendre des handicapés et ne s'est jamais garé sur un emplacement qui leur est réservé.

— T'en es vraiment sûr ? demande Lola, moqueuse. J'ai pourtant souvent vu ta voiture sur ce genre d'emplacement au bureau.

— S'il est assez con pour se garer sur une place réservée aux handicapés, alors qu'il est physiquement valide, c'est que son handicap est mental ! largue Zoé.

Éléonore esquisse un sourire complice.

Marguerite, quant à elle, est littéralement envoûtée par le flot ininterrompu de paroles de Robert.

— Vous êtes friande d'humour, constate Éléonore. Vous pouvez y aller, j'adore l'humour, surtout l'humour noir.

— L'humour est à l'image de l'homme : plus il est noir, moins il est accepté ! répond Zoé.

Elles ont l'air de bien s'entendre, ces deux-là, songe Lola en observant les regards complices échangés entre Zoé et Éléonore.

— Vous êtes en couple ? se permet Éléonore.

— Ouais, des vraies lesbiennes ! balance Zoé en attrapant Jenifer par le cou, ce qui n'a pas l'air de choquer Éléonore.

— On ne dit pas « gay » ? demande Éléonore.

— *Gay*, c'est pour les hommes, *lesbienne* pour les femmes, explique Jenifer.

— Et les lesbiennes qui n'ont pas de seins, on appelle ça des homos plates ! rajoute Zoé en riant du regard perplexe d'Éléonore.

Pendant ce temps, Robert aime applaudir les musiciens roumains qui jouent de l'accordéon dans le métro. Il a déjà mangé son poids en lasagnes à l'occasion d'une fête dans le village italien de son enfance. Et surtout, Robert dit toujours la vérité. Il vient surtout de lobotomiser le cerveau de Marguerite.

— Mais qu'il se taise, il est vraiment chiant !

Tous les regards se tournent vers Chloé qui, pour une fois, ne gémit pas, mais semble ne plus supporter Robert.

— Chuuutttt ! tente d'apaiser Lola. Parle moins fort. Même les autres tables t'ont entendue !

— M'en fiche ! Moi, au moins, je suis honnête et sincère. Et même si cela doit me causer des tas d'ennuis, je continuerai de l'être !

— En parlant d'honnêteté, lance Anaïs, un peu vexée que Chloé s'en prenne à son volubile *sex toy*, pourrais-tu nous expliquer comment t'as pu te transformer en père Noël depuis quelques semaines ?

— Tu parles de quoi ? rétorque Chloé en haussant les épaules.

— On parle du billet de la croisière d'Anaïs, enchaîne Lola. Des vols Paris-Copenhague que tu as voulu payer et de tous ces beaux vêtements que tu nous as achetés à toutes lors de l'escale d'aujourd'hui.

— Je vous ai déjà expliqué ! s'énerve Chloé. Ma crise hormonale me fait déprimer ! Et quand je déprime, je dépense ! Voilà tout !

— Tu n'avais pas de problème hormonal quand tu as acheté la croisière d'Anaïs, répond Lola. Ni quand tu lui as prêté 5 000 euros, ajoute-t-elle plus doucement.

Chloé regarde Lola d'un air surpris.

— Je suis au courant. Anaïs m'a confié avoir beaucoup de mal à te rembourser. Elle a peur que cela joue sur votre amitié.

— Et c'est Bruno qui va être content ! T'es en train de cramer toutes vos économics ou quoi ? l'interpelle Zoé. T'es devenue une dépensière compulsive ? Tu sais que ça se soigne ? Tu fais une dépression parce que t'as pas d'amies à Rambouillet ? Ne t'inquiète pas, on va rembourser chacune notre part des vêtements, des billets d'avion et de la croisière d'Anaïs. Et on pourra même participer au remboursement des 5 000 euros. Tu es certainement victime d'une névrose baptisée « la fièvre des achats ». Dès qu'on rentre, tu files consulter ! ordonne Zoé.

Chloé se lève de table, les yeux à nouveau pleins de larmes.

— J'ai pas envie qu'on parle de moi devant des étran... pardon, devant ces dames, se rattrape Chloé en s'adressant à Marguerite et Éléonore. Et je suis fatiguée, je vais me coucher.

Sur ce, Chloé exécute un demi-tour droite, direction la sortie du restaurant, sans jeter un regard en arrière vers Jenifer et Lola qui tentent de la rappeler.

— Et c'est reparti pour un tour, soupire Zoé.

— Eh bien dites donc, vous ne devez pas vous ennuyer souvent toutes les cinq, il y a de l'ambiance ! constate Éléonore. Ça me rappelle ma lointaine jeunesse.

— Nous ne sommes plus toutes jeunes, tente de clarifier Jenifer.

— Quel âge me donnez-vous ? demande subitement Éléonore.

Une certaine gêne s'installe parmi les filles. Robert tente un mensonge énorme du genre « 25 ans », rapidement étouffé par un coup de coude d'Anaïs. Les filles optent pour le début de la décennie des septuagénaires – 70 ans pour faire simple.

Éléonore annonce fièrement qu'elle a passé le cap des 92 ans !

Les filles sont bouche bée, incrédules. Jenifer rompt le silence qui vient de s'installer et demande l'âge de Marguerite.

— 86 ans dans quelques jours !

Le dessert à peine achevé, Éléonore se lève prestement et, s'adressant à Marguerite :

— Allons nous coucher, demain la journée sera éprouvante, excursion à Andalsnes. (Puis en direction des filles) Nous avons passé un moment très intéressant en votre compagnie. Une grande expérience à renouveler.

Éléonore, droite comme un « i », d'un pas alerte et rapide, se dirige vers la sortie du restaurant. Marguerite réagit aussitôt et tente de suivre son amie. Sa démarche est moins assurée. Elle claudique, avançant à petits pas sans perdre Éléonore de vue.

— On croirait un caneton inquiet suivant sa maman…, lâche Jenifer.

Fou rire à table, non pour se moquer, mais la scène est drôle, suscitant toutefois l'admiration.

— Elle est sympa, Lolo ! conclut Zoé.

— Qui ?

— Éléonore !

***

Chloé s'est couchée. Après avoir passé une heure à grogner, soupirer, mettre des coups de pied dans sa couette en geignant comme un enfant sur le point de faire un gros caprice, elle décide de se lever.

— J'en ai marre, ronchonne-t-elle, je n'arrive même pas à m'endormir…

Au bout de quinze minutes de « je fixe le mur, la bouche ouverte, l'œil vide », Chloé reprend ses esprits et pleure parce qu'elle a perdu quinze minutes à fixer le mur. Elle allume la télé pour se changer les idées. Elle pleure devant le film parce qu'il y a une bande d'amis qui font la fête et qu'elle est seule sous son plaid. Elle se tape la tête sur toutes les surfaces dures qu'elle peut trouver – même si c'est juste le dépliant publicitaire pour le simulateur de golf – en espérant que son mal-être passe. Elle traverse la cabine enroulée dans son plaid, tête comprise, et retourne pleurer sur son lit. Elle jette son portable à l'autre bout du lit parce qu'il ne sonne pas, bien qu'elle n'ait cherché à contacter personne. Elle jette d'autres trucs à travers la cabine : des boules de papier, des limes à ongles, une culotte neuve qui traîne… Mais bizarrement, ça ne change rien.

Elle est seule, seule au monde, tout le monde l'a quittée et elle a l'impression que Hulk est en train de faire un bras de fer avec son cœur tellement il est tout serré.

C'est endormie, roulée en boule dans son plaid, le visage trempé de larmes, que les filles la trouvent en allant se coucher.

Tel un rituel qui sera effectué tous les matins de la croisière après le petit déjeuner, Lola se présente cette fois-ci avec Anaïs au service réclamation des bagages. Le bateau vient de faire escale à Andalsnes et les filles viennent aux nouvelles. Mais des nouvelles, il n'y en a pas : pas l'ombre d'une valise, et pas l'ombre d'un doute qu'il faut empêcher Zoé d'accéder au dit service de réclamation.

— Elle qui parlait hier soir de l'inefficacité caricaturale du service bagages, elle serait foutue de saborder le navire, sourit Anaïs.

— Sachez que l'on ne peut pas faire une croisière d'une semaine en ayant pour seule tenue celle choisie pour le jour de votre départ ! s'énerve Lola contre un représentant impuissant.

— Heureusement que Chloé a fait des achats, intervient Anaïs.

— Ouais, mais ça, ils ne sont pas censés le savoir ! Je passe tellement de temps ici qu'à la fin, on va finir par se tutoyer, se faire la bise et s'ajouter sur Facebook !

— Tout compte fait, tu n'es pas mieux que Zoé ! Allez viens, on va se préparer pour l'escale, les autres nous attendent.

Anaïs attrape le bras de Lola et l'entraîne vers la sortie. Lola, qui grogne encore, remarque la trace rouge sur le coude d'Anaïs.

— C'est quoi, ça ?

— Je me suis fait un bleu.

— Un bleu ? « Je me suis fait un Bleu » : expression couramment utilisée par Zahia, ironise Lola, et par toi désormais. T'as les deux coudes brûlés !

— Et les genoux aussi… Frottement du tapis de la cabine : effets secondaires de la levrette !

Anaïs semble complètement se satisfaire de « mini Bob », qui semble fonctionner indépendamment du grand Robert, capable en même temps qu'il s'envoie en l'air d'expédier un texto à Lola pour lui taper cinquante euros. Mais ça, Lola se garde bien de le dire à son amie.

— Je suis devenue une *sweet hot potatoe* !

Lola apprend alors qu'Anaïs est exigeante, les hommes doivent maintenant assurer avec elle. Celui qui passe entre ses mains doit savoir tenir le rythme, arrêter la clope, reprendre les pompes et se tenir disponible à toute heure. Au début, ses partenaires ne réfléchissent pas avec le bon organe. C'est l'euphorie torride, moite et parfois violente. C'est généralement après les ordres et les pêches dans la tronche pour se faire respecter au plumard que le cerveau masculin, qui se trouve très loin du pénis, commence à déchanter. Et parfois, ils ont du mal à s'en sortir, en gros à s'enfuir, car Anaïs lâche difficilement l'affaire. C'est comme si ses pauvres victimes lui remettaient leur démission et qu'elle la refusait avec autorité en mode Cléopâtre ou Lady Chatterley, deux nymphos célèbres d'après Anaïs qui a tenu à préciser que César avait surnommé Cléopâtre « bouche d'or ».

— Ça veut tout dire, hein ? ajoute-t-elle avec un clin d'œil insistant.

Lola est perplexe et n'ose pas répondre à son amie.

Elles marchent silencieusement côte à côte en direction de leur cabine.

— Tu sais que Bob est sorti avec cinq femmes en même temps ? continue Anaïs, tout excitée. Il a fait l'amour à des femmes fontaines. Il a découpé une mèche de cheveux sur toutes ses ex-copines et il a décroché le record du monde de la plus grande moustache du monde !

Lola stoppe net sa marche et se tourne vers son amie.

— Mais tu ne vas pas le croire, quand même ? Tu sais bien qu'il ne raconte que des conneries !

Anaïs s'en fiche.

— Mais regarde-toi avec tes coudes et genoux brûlés, tes cernes sous les yeux ! Tu commences à faire peur à voir ! Tu envisages la Coupe du monde du sexe ou quoi ?

Mais Anaïs ne veut rien savoir. C'est évident : l'amour rend aveugle et le sexe rend sourd. Elle n'entend rien, sauf quand Robert commence à délirer sur ses expériences sexuelles. Il raconte des bobards, mais ceux-là, Anaïs y croit. Donc, Anaïs veut rivaliser et place la barre haut, très haut, niveau sexe. Peut-être un peu trop haut…

— Tu prends ton pied, au moins ? demande Lola avant d'arriver au niveau des filles qui les attendent de pied ferme, emmitouflées dans les doudounes achetées par Chloé.

Anaïs part d'un grand éclat de rire.

— Si je prends mon pied ? Oh là, là ! Si tu savais…

— La cigarette après l'amour, la cigarette électronique après avoir simulé l'orgasme ! lâche Zoé qui a entendu la dernière réflexion d'Anaïs.

6.

À force de se pencher sur son passé, on finit par tomber dans l'oubli !
(Marguerite)

« Je suis inquiète, je reviens d'une brocante et aucune trace de Louis !

— Qu'est-ce que tu racontes, Zoé ?

— Ben, *Louis la Brocante* ! »

Zoé s'écroule dans un des larges fauteuils de la célèbre brasserie Nogne.

Fondée par deux producteurs indépendants, cette brasserie est incontournable à Andalsnes pour ses bières de qualité.

La bande d'amis est installée confortablement autour d'une table, en mode dégustation des meilleures bières de la région. Les filles et Robert sont descendus à Andalsnes le matin même. Accompagnés d'Éléonore et de Marguerite, toujours bon pied bon œil, ils ont visité le fjord Trollstigen.

— Ce fjord est absolument magnifique ! déclare Éléonore devant une énorme pinte de bière brune qui lui cache presque tout le visage. La route qui le traverse s'appelle comment, au fait ?

— La Troll-quelque-chose, sourit Jenifer.

— La Trollstigen, corrige Éléonore qui vient de se rappeler le nom.

— Ils n'ont pas du thé, ici ? demande Chloé en boudant. La bière ne me tente pas.

— Allons, on est chez les Vikings, ici ! Pas de boisson pour fillettes ! clame Robert. Moi, je…

— Oui, on sait ! Dans une autre vie, tu en étais un ! ironise Zoé. Un bon vieux pirate scandinave.

— Et toi, il te faudra plusieurs vies pour devenir la femme idéale ! riposte Robert.

— Et c'est quoi la femme idéale, pour toi ? rétorque Zoé qui commence à monter dans les tours.

— Les paysages de ce matin étaient extraordinaires, cela valait le détour, surtout le glacier Jostedlbenn, tente Marguerite pour changer de conversation.

— La femme idéale ? répond Robert. Une jolie blonde sourde, muette et nympho, qui a perdu sa mère et dont le père possède un bar !

— On dit Jostedalsbreen, Marguerite, pas Jostedlbenn, rectifie Éléonore de derrière sa bière.

— Pauvre con !

— Pardon ? interroge Éléonore en regardant Zoé d'un air légèrement outré.

— Pas vous, Lolo ! Lui, là, l'autre mytho ! explique Zoé en désignant Robert.

— Il était sympa, le marché aux poissons, ce midi !

Lola tente un virage à 180 degrés. Cette discussion se mélange les pinceaux et risque de déraper sévère.

— La dégustation gastronomique était délicieuse, confirme Anaïs. Je vendrais mon âme au diable pour goûter encore une fois à ce saumon fumé.

— Elle m'a appelée Lolo ? demande Éléonore à Marguerite qui hausse les épaules d'impuissance et fait signe qu'elle n'a pas entendu ce que Zoé disait.

— Extraordinaire, la soupe de poisson ! continue Lola en remerciant Marguerite des yeux.

Une super grand-mère qui maîtrise comme elle peut les départs de feu.

— Alors, tu vas finir par nous les offrir quand, ces bières ? demande Zoé d'un air rageur à Robert.

— Quand les poules auront des dents !

— C'est dingue ! Le jour où les poules ont des dents tombe cette année un dimanche… Et c'est aujourd'hui !

Robert se contente d'ignorer royalement Zoé et sirote sa bière.

— Non, mais franchement, non seulement tu sors jamais ton portefeuille, mais en plus tu tapes cinquante euros à Lola !

— Il t'a réclamé cinquante euros ? demande Anaïs à Lola.

— Emprunté ! précise Robert.

— Je n'apprécie guère que vous m'appeliez Lolo, intervient Éléonore.

— Ben voilà, *emprunté*, précise Anaïs, soulagée.

— T'inquiète, Lolo, je m'occupe de toi dans cinq minutes, répond Zoé. J'ai deux, trois trucs à régler avant. (Puis, s'adressant à Anaïs) Alors toi, tu ferais mieux de la boucler. À force de copuler, tu vas bientôt remonter la rivière comme feu le saumon que t'as bouffé ce midi ! (Puis, se tournant vers Robert) Lorsque Dieu a créé des mecs dans ton genre, *Elle* blaguait !

— Calme-toi, Zoé ! murmure Jenifer.

— Qu'est-ce que ça peut te foutre si je copule, comme tu dis ! Je pensais que toi, au moins, tu me comprenais ! lance Anaïs.

— Oui, mais à force de t'écouter parler de tes nuits avec Robert, j'ai l'impression d'être en overdose, j'ai mal au cœur et la nausée ! J'ai l'impression d'avoir les effets secondaires de tes abus sexuels. Comme si tu picolais trop et que je me coltinais la gueule de bois !

— Elle a voulu te donner un surnom. C'est gentil, il ne faut pas voir le mal partout, la défend Marguerite.

— Oui, je suis radin ! C'est génétique puisque mes parents étaient si près de leurs sous qu'ils m'ont choisi en premier prénom Adriel, qui n'est pas dans le calendrier, pour ne pas me payer un cadeau pour ma fête ! Et depuis mon divorce, je suis devenu le plus grand radin de France et je tiens à ce titre ! Je ne paie plus rien ! Jamais !

— Tu ne t'appelles pas Robert, en fait ? demande Chloé. Encore un mensonge ! soupire-t-elle.

— Ah, tu as bien entendu alors, Marguerite ! Elle m'a appelée Lolo ! s'insurge Éléonore. Pourquoi m'avoir fait croire que tu n'avais pas entendu ?

— Dis-moi quand je te fais part de mes ébats sexuels ? Quand ? s'étouffe Anaïs.

— Quand ? Hier soir, Robert ou Adriel ou Bob – je ne sais pas – est venu me demander du Smecta. T'as abusé d'huîtres au gingembre et de poivre de Cayenne censés être aphrodisiaques et t'avais l'estomac en feu.

— Toi, tu t'occupes de ne pas faire exploser le plafond de ta carte Visa au lieu de te mêler de mes affaires ! balance Robert à Chloé.

Chloé fond en larmes.

— Je ne voulais pas envenimer les choses ! précise Marguerite.

— Après les cernes sous les yeux, les coudes et genoux brûlés, maintenant l'ulcère de l'estomac, relève Lola en rigolant.

— Envenimer les choses ? Ma pauvre Marguerite. Tu redécouvres ton portable à chaque fois qu'il sonne tellement tu as peu d'amies ! se moque Éléonore.

Marguerite est rouge de honte.

— Toi, ta gueule ! lance Anaïs à Lola. Tu ne sais même pas garder mes confidences pour toi !

— Je ne paierai que ma bière ! Et encore, si je peux l'éviter, je le ferai ! insiste Robert.

— Tes confidences, tu les éparpilles un peu entre nous toutes ! corrige Jenifer. Normal qu'à la fin on soit toutes au courant.

— En plus, quand elle sort, elle laisse son portable à la maison ! Elle n'a même pas de « Face de bouc » ! ajoute Éléonore.

— Dire « Face de bouc » ne fait plus marrer personne depuis quelques années maintenant, Lolo ! rectifie Zoé, prête à jeter sa pinte de bière à la tête de Robert – enfin, Adriel ou Bob.

— Ah bon ? s'étonne Éléonore.

— Oui ! Et « lol » ne signifie pas « oui ». On ne dit pas non plus « le » Internet, mais Internet.

— Vous pourrez m'éclairer sur certains points informatiques ?

Éléonore est très intéressée par Zoé.

— Allez hop, moi j'en ai marre ! s'énerve Lola. Je retourne à bord et vous laisse vous entre-tuer ! Chloé et Marguerite, vous m'accompagnez ! Continuez tous à vous étriper, mais sachez que tout ce qu'on sait de la mort, c'est qu'elle commence mal !

*

Lola, Marguerite et Chloé ont marché un peu, le temps de parcourir la courte distance qui les sépare du navire. Une fois à bord, elles décident de prendre un bon thé dans une salle annexe au restaurant.

— Éléonore vous malmène un peu…, tente prudemment Lola.

Marguerite esquisse un sourire.

— Oh, vous n'êtes pas en reste, d'après ce que j'ai vu.

— Moi non plus, je n'ai pas beaucoup d'amies à Rambouillet, explique Chloé pour rassurer Marguerite en dégustant enfin son thé à la bergamote.

— Rassurez-vous, Chloé, j'ai quelques amies. C'est Éléonore qui n'en a pas : son caractère est difficile, la seule personne qui accepte de l'accompagner en sortie ou voyage, c'est moi !

— Elle va bien s'entendre avec Zoé, sourit Lola. Quel foutu tempérament !

— Je pensais qu'elle était gentille… C'est dommage.

— Si vous pensiez qu'il y a du bon chez tout le monde, Chloé, cela veut dire que vous n'avez pas rencontré tout le monde ! répond gentiment Marguerite. Mais Éléonore a un bon fond.

Chloé verse une larme.

— Ça ne va toujours pas, toi ? constate Lola.

— Que vous arrive-t-il ? la questionne Marguerite en se resservant du thé.

— Dérèglement hormonal…

— Ah, nostalgie ! sourit Marguerite.

Les trois nouvelles amies pouffent de rire.

— Tu devrais quand même faire attention à tes dépenses, précise Lola.

— Hum…, marmonne Chloé.

— Ne fais pas l'innocente. Tu sais, ça m'arrive aussi. L'autre jour, fière comme un bar-tabac, je reçois mon dernier colis commandé à « Toutpourplairepascher » avec l'enthousiasme d'un supporter de foot lors du lancement de la Coupe du monde. Manque de bol, la jupe a une couleur affreuse et les pompes ne sont pas à ma taille. Et bien évidemment, hors de question de reconnaître mon erreur. La couleur de la jupe est originale et, si je recroqueville un peu mes doigts de pied, les chaussures seront parfaites. Résultat, une dépense inutile !

Chloé reste silencieuse.

— Oui, enfin moi, je parle d'une jupe et de chaussures, pas de croisière, de billets d'avion et de 5 000 euros prêtés à Anaïs…

Chloé ne répond toujours pas.

— Tu sais que nos dépenses ainsi que leur fréquence, leur montant et leur nature en disent long sur nous, sur notre personnalité et sur notre bien-être à un moment donné de notre vie, continue Lola.

— L'argent ne fait pas le bonheur… de celui qui n'en a pas ! confirme Marguerite, ce qui fait sourire Lola et Chloé.

— Certaines personnes compensent par des achats un manque de confiance en elles, une vie qui ne leur apporte pas les satisfactions escomptées ou un besoin d'affection et de réconfort. On ne parle alors plus d'acte financier, mais d'acte psychologique de réparation.

Chloé se ferme complètement.

— Et je ne crois vraiment pas à ton excuse de dérèglement hormonal, Chloé. Tu dois avoir un souci ailleurs, je me trompe ?

— Je m'inquiète pour Anaïs, répond simplement Chloé.

— Quel rapport ? demandent Lola et Marguerite de concert.

— Aucun ! Je n'ai toujours pas envie de discuter de moi, voilà tout ! répond Chloé au bord du débordement lacrymal.

Lola décide de ne pas insister.

— Moi qui voulais tellement que cette croisière lui remette les idées en place et qu'enfin elle réalise que JR est l'homme de sa vie… Et là, c'est tout le contraire qui se passe. C'est désormais une accro au sexe avec Robert – enfin, Adriel – le menteur patenté !

— C'est vrai qu'elle m'inquiète, confirme Lola. Hier, en revenant du simulateur de golf, dans un rare moment où sa libido la laissait tranquille, elle m'a avoué son pire cauchemar : tomber sur un précoce. Son plus grand drame : ne pas faire la différence entre un index et un sexe. Moi qui pensais que sa priorité était notre petit-fils, P'tit Loup ! Elle ne pense qu'au sexe, soupire Lola.

— À moi, elle a confié que les bons plans cul n'étaient pas pour autant faciles à trouver. Elle m'a dit qu'entre le mec fan des « t'aimes ça, salope ? » et celui victime d'une transpiration excessive, ce n'est pas toujours évident de trouver la personne compatible. Même pour une nuit !

— L'autre matin, au petit déjeuner, elle a cité à haute voix le journal : « 60 % des gens utilisent leur téléphone portable pour tromper leur partenaire ». Elle a ajouté en riant : « Moi, je préfère utiliser autre chose ! »

— Tout ramène Anaïs au sexe en ce moment.

— Ah, le sexe, nostalgie encore ! soupire Marguerite.

— Vous en pensez quoi, Marguerite ? demande Chloé.

— En bonne philosophe, j'ai un problème pour chaque solution ! plaisante Marguerite.

— Elle voit rarement Noé, se plaint Lola. Et vous avez vu ses bleus ? C'est plus du sexe, c'est les Jeux olympiques qu'elle vise avec Robert ! Il paraît qu'il s'est fait mal à la hanche cette nuit !

— Lui, si ça continue, il n'aura plus de problème de hanche, je l'aurai tué ! s'exclame Chloé. Comment a-t-elle pu se mettre avec ce mytho-radin-menteur ?

Elle lâche un gros soupir.

— Pauvre JR, un mec bien, qui s'est fait traiter de sale type avant de se faire jeter comme un malpropre !

— Sympa, le jeu de mots, sourit Lola.

— Toi qui bosses avec lui, t'avais pas remarqué que Robert est radin ?

Lola confirme en levant les yeux au ciel.

— Le matin, il se faufile dans les bureaux et il arrive toujours à trouver un service où l'on fête un anniversaire, et c'est bien rare s'il ne parvient pas à manger deux ou trois croissants. C'est simple, il avale le premier très vite, dévore le second et attrape le troisième. Comme ça, tout le monde pense qu'il n'en a pris qu'un, sauf peut-être le retardataire qui n'aura plus rien à son arrivée.

— Il commence à se faire tard, j'espère qu'ils ne se sont pas entre-tués ! Je vais aller me reposer dans ma cabine. On se retrouve pour le dîner ?

Chloé et Lola acquiescent en souriant. Marguerite est une vieille dame adorable et qui a su rester dans le coup malgré son âge avancé.

Les filles reprennent leur conversation.

— C'est un pauvre type !

— Et le midi, il oublie systématiquement son portefeuille ! Je me suis fait avoir une fois ! Il a prétendu que les femmes adorent payer, ça leur donne le sentiment de dominer ou d'être à égalité !

— Quel crétin ! L'égalité des sexes : concept créé par les hommes pour ne plus payer le restaurant !

— Enfin, toi, tu sembles adorer payer en ce moment, avance prudemment Lola, tentant de revenir au sujet initial de leur conversation.

Les deux amies restent silencieuses un moment en regardant les autres passagers. D'ailleurs, un étranger s'approche d'elles pour leur demander un renseignement.

— Euh… *sorry*, s'excuse Lola. *Do you speakerais* pas français plutôt ?

Elle se met à rire face à la mine ébahie d'un certain Robert L. Jones, un Américain originaire de Miami, devant sa tentative d'humour et le renseigne immédiatement sur la localisation de la librairie du navire, le tout dans un anglais parfait.

— Merci, répond l'Américain dans un français hésitant, j'ai eu des voisins français à Miami, mais ils ne sont pas restés assez longtemps pour que je *practice* mieux votre langue.

— Votre français est très bon ! sourit Lola. Bonne croisière ! Je suis allée faire un tour dans cette librairie, il n'y a que des *Mussopancolofgrey,* continue Lola pour elle-même.

— Lola, il faut que je te parle, lâche doucement Chloé.

— Franchement, je n'ai rien contre les *Mussopancolofgrey*, parfois même j'aime bien, mais je n'ai pas non plus une tête de gondole !

— Il faut que je te parle…

— Ah, les voilà !

Lola n'a toujours pas entendu son amie. Elle se lève et fait de grands gestes au petit groupe qui se dépêche de les rejoindre.

— Pas de morts ni de blessés, apparemment !

— On n'est pas passé loin ! s'exclame Anaïs qui prend Lola dans ses bras et s'excuse de l'avoir violemment envoyée balader.

— Non, Lolo… Non, non, non !

Zoé est en grande discussion avec Éléonore.

— On ne dit pas « wifite », mais « Wi-Fi », et vous ne devez pas redémarrer la « *pasta box* ». Et surtout, on ne recherche pas Google sur Google !

7.

Au commencement, l'univers fut créé. Cela mécontenta beaucoup de monde et fut largement considéré comme une mauvaise idée. (Jenifer)

« Elle est magnifique, votre église. Chapelle ? Temple ? Mairie ? McDo ?

— Arrête, Zoé ! Tu vas nous faire remarquer !

— Jen', je ne rêve que d'une chose, c'est de remonter à bord et de rentrer à Paris au plus tôt ! Cette croisière m'emmerde, ces escales me saoulent, sans compter les soirées déguisées à bord ! J'en ai ma claque de ce bateau ! Je veux de la *piña colada*, une plage et de la chaleur ! »

Les filles sont descendues à l'escale de Bergen et suivent le guide qui parle un français approximatif dans le quartier historique de la ville, le « Bryggen ».

— C'est un ensemble de constructions en bois situé sur les quais du port. Construit au XIIᵉ siècle par les marchands hanséates…

— Qu'est-ce que ça peut me foutre ! grogne Zoé en traînant la patte.

— … qui dominait économiquement et politiquement la ville…

Zoé bâille et Lola fait de même, elle est crevée.

— … il fut à de nombreuses reprises réduit en cendres par les incendies qui ravagèrent la ville…

— On se barre discrètement ? marmonne Zoé.

Lola regarde Chloé, Anaïs, Robert et Jenifer qui sont très attentifs à la visite guidée.

— … reconstruit à l'identique, il garde le charme inégalable des constructions en bois…

— Je pense que la visite est bientôt finie.

— Pff, soupire Zoé. Ça me gonfle, mais ça me gonfle ! En plus, j'ai froid.

— Moi aussi ! reconnaît Lola, mais je suis plus crevée qu'autre chose. Avec la nuit qu'on a passée ! Je ne comprends pas comment Anaïs peut garder la forme !

En effet, Anaïs, toujours accrochée au bras de Robert-Adriel-Pinocchio-Radin, minaude devant le guide qu'elle trouve aussi à son goût.

Infatigable et insatiable, les aventures d'Anaïs à la recherche d'un tournevis ont tenu Zoé et Lola éveillées une bonne partie de la nuit. Après les cernes sous les yeux, les coudes et genoux brûlés, l'ulcère à l'estomac, voilà que Robert et Anaïs ont cette nuit monopolisé les deux filles et trois techniciens de l'équipage. Le tournevis, c'était pour les menottes dont ils avaient perdu la clé. « Si les menottes de *sex-shop* peuvent s'ouvrir toutes seules assez simplement… Comment je sais ça ? Tout le monde le sait, non ? Et je vous en pose des questions, moi ? », s'est égosillée Lola, passant ses nerfs sur les techniciens à 3 heures du matin. Bref, Anaïs et Robert avaient compliqué l'exercice, médaille d'or des JO du sexe en vue. Ils s'étaient discrètement munis de vraies menottes à Andalsnes, l'escale précédente.

Pas évident de défaire des menottes avec un tournevis, surtout quand Anaïs, nue comme un ver, est attachée à une canalisation qui longe le mur de la cabine. Pas envisageable non plus de purger l'ensemble des canalisations du navire pour démonter le conduit. Ils ont dû faire appel à l'équipage qui, armé d'une sorte de scie sauteuse, a fini par découper les menottes des mains d'une Anaïs décomplexée, simplement recouverte d'un drap que Lola lui a glissé sur les épaules.

Le bruit a réveillé la moitié des passagers du pont où se trouve la cabine de Robert. Zoé et Lola ont pu enfin se recoucher vers 5 heures du matin pour se lever deux heures plus tard, direction l'escale de Bergen. Il n'en fallait donc pas plus pour que Zoé soit de très mauvaise humeur et Lola, épuisée.

— Si ça continue, on va finir par opter pour un conteneur de vingt pieds de boules Quies ! J'ai encore le bruit de la scie sauteuse dans les oreilles ! râle Zoé.

— … ses étroites et sombres ruelles font parfois passer le lieu pour un décor de western…

— Moi, je commence à m'inquiéter pour leur santé mentale à tous les deux ! répond Lola.

— Hé, oh ! Ça ne va pas dans votre P.C. ?

— P.C. ?

— « Petits Cerveaux », explique Zoé.

Les deux filles rigolent.

— Non, franchement, continue Zoé, entre un mytho qui vante des exploits sexuels inimaginables et une Anaïs un peu borderline-nympho en ce moment avec un fort esprit de compétition, le navire va trembler, leurs voisins de cabine et nous aussi !

— … et la beauté du lieu lui vaut d'être inscrit au patrimoine mondial de l'UNESCO.

— Ça y est ? C'est fini ? s'exclame Zoé. Allez zou, on se barre ! Retour illico à bord ! *Bye for nå !* s'écrie-t-elle en direction du guide.

— Tu pourrais être plus gentille ! la sermonne Jenifer.

— J'en peux plus de la nature ! Les trolls, les fjords, les Vikings et les maisons en bois, ce n'est pas pour moi !

— Oui, mais tu pourrais user de plus de diplomatie ! insiste Jenifer.

— Un diplomate, c'est quelqu'un capable de te dire d'aller te faire voir chez les Grecs de telle manière que t'auras hâte de faire le voyage ! Alors non, je ne suis pas diplomate, mais j'ai hâte de retourner à bord !

Le petit groupe reprend la direction du bateau, Zoé, Lola et Jenifer en tête.

Chloé, Anaïs et Robert traînent derrière et rentrent dans les magasins de souvenirs.

— Oh, regarde, un *Hnefatafl* ! s'exclame Anaïs devant une échoppe.

— C'est quoi, ton *Nefalltal* ? questionne Chloé.

— Un *Hnefatafl* ! Un vieux jeu nordique utilisé par les Vikings, répond Anaïs. (Puis, s'adressant au vendeur) En euros, ça fait combien ? En dollars ? En crédit ? tente-t-elle en souriant.

— Punaise, vous allez ramener vos fesses ! lance Zoé aux retardataires. Et vous n'allez pas acheter ces figurines ! ajoute-t-elle en désignant des petits gnomes. Les trolls, j'en ai par-dessus la casquette en ce moment ! Entre la turbine aux hormones, Cléopâtre et Pinocchio, je suis en surdosage !

Elle s'arrête net et se frappe la tête avec la main.

— Quoi ? demandent Lola et Jenifer.

— Les Vamps ! Pauvre de moi, c'est plus une croisière, mais un sacerdoce ! J'ai promis hier à Éléonore de lui donner un petit cours d'informatique dès mon retour à bord ! Manquait plus que ça !

— Sans compter la soirée déguisée en papier crépon ! ajoute Jenifer en riant.

— Je crois que je n'irai pas à cette soirée, déclare Lola, je ne me sens pas bien du tout !

— Ben moi non plus ! s'exclame Zoé. Cette croisière me tape sur le système depuis le début. Et toujours pas de nouvelles de nos bagages, d'ailleurs !

— Toujours rien ce matin ! confirme Lola.

— Les croisières Cost : « Envie de vous éclater ? Jetez-vous du pont supérieur ! » À poil, évidemment, puisqu'on voyage sans bagages ! Au fait, Robert, lorsque tu pètes par inadvertance pendant la visite guidée, il est inutile de tousser ensuite. Les deux bruits sont totalement différents !

*

— Il n'existe pas d'explication simple au mal de mer. C'est le résultat de l'effet de plusieurs cofacteurs dont les 4 F sont les principaux, explique le médecin de bord, au chevet de Lola.

— C'est-à-dire ? questionne Chloé.

— F comme Froid, F comme Faim, F comme Frousse, F comme Fatigue.

— J'ai eu froid lors de l'excursion, j'ai eu peur la nuit dernière pour Anaïs, j'ai mal dormi et j'ai très peu mangé, répond une Lola alitée couleur olive.

— Il faut malgré tout tenter de manger et boire. Et occupez-vous l'esprit : lisez, jouez ou discutez avec vos amies. Après une bonne nuit de sommeil, tout ira mieux ! ajoute le médecin en rangeant son stéthoscope dans sa mallette. Et n'hésitez pas à faire appel à moi si ça ne va pas mieux.

Anaïs et Chloé raccompagnent à la porte de la cabine le médecin qui les salue et fait un clin d'œil à Lola :

— Et rassurez-vous ! Si le navire coule, votre mal de mer cessera ! plaisante-t-il.

Lola fait un pauvre geste de la main, de nouveau en proie à des nausées.

— C'est de ma faute ! s'excuse Anaïs. Si tu n'étais pas restée debout presque toute la nuit, tu ne serais pas dans cet état !

— Mais non, répond Lola, c'est surtout à cause de ce type ! Dès le retour sur le bateau, il s'est posté devant moi avec sa pipe au vent. Je suis devenue livide et dans les trente secondes qui ont suivi, j'ai libéré ma cargaison stomacale en public.

Chloé s'assied au bord du lit de Lola.

— Moi, je pense que c'est à cause de ce fort roulis : et vas-y qu'on penche à gauche et à droite, et de nouveau à gauche, puis à droite. Ça balance grave !

— Dans le langage maritime, on dit qu'on penche d'un bord à l'autre, corrige Anaïs.

— Bon ben, on penche ! D'un côté et de l'autre, sans arrêt, comme un jouet à bascule.

— Sans parler du tangage ! Et vas-y qu'on part en avant, et en arrière et en avant ! Youp'là ! Une vraie balançoire !

— Vous ne pouvez pas parler d'autre chose ! s'écrie Lola qui a tourné vert-gris.

Interdites, Anaïs et Chloé se regardent, avant de comprendre que

Lola a de nouveau l'estomac au bord des lèvres. Autant passer à autre chose.

— Bon, on fait quoi ce soir ?

— Pour moi, l'affaire est pliée ! grogne Lola en attrapant son oreiller. Zoé et Jen' préfèrent rester tranquillement en cabine plutôt que d'aller se déguiser.

— La soirée déguisée ne me branche pas non plus ! Je pense que je vais passer ma p'tite soirée en privé avec Robert, ajoute Anaïs avec un sourire complice.

— Bon, ben, j'irai nous chercher quelques bricoles à manger au restaurant et on se fera des plateaux-cabines, conclut Chloé.

— Si tu peux éviter les positions de Kâmasûtra sur un trampoline cette nuit, ce serait sympa et mon sommeil réparateur t'en sera infiniment reconnaissant !

Anaïs se contente de sourire à Lola.

— J'arrive pas à comprendre comment tu peux assurer tes journées après des heures d'entraînement aux Jeux olympiques pendant la nuit, soupire Chloé. D'autant plus que je remarque que tu fais la grimace toute la journée.

— C'est que ça brûle ! confie Anaïs.

— C'est vrai que tu marches les jambes arquées, façon fauteuil Louis XVI, constate Lola.

Les filles pouffent.

— M'enfin, t'es belle, grande, mince, élancée ! Mais tu commences à être esquintée, confirme Chloé. Comme dit Lola, on croirait un vieux fauteuil Louis XVI… avec les accoudoirs râpés !

Les filles rigolent.

— C'est moins glamour qu'une navette spatiale au décollage ! Mais que voulez-vous, j'aime m'éclater au lit !

— Quand ce n'est pas dans les toilettes d'un avion ! renchérit Chloé.

— C'est quoi, ce bouquin ? demande Lola qui vient de remarquer la couverture d'un livre dépassant du sac d'Anaïs.

— Oh, ça ? C'est pour résoudre tous les soucis liés aux petits mensonges de Robert. J'ai trouvé dans la librairie du navire un livre qui s'intitule : *Mentir pour mieux vivre ensemble*. Je le potasse afin que nous soyons, Rob et moi, sur la même longueur d'onde !

— Cette femme est complètement cinglée ! se désespère Lola.

— C'est donc sérieux avec Pinocchio ? demande Chloé, anxieuse.

— Je crois bien que oui ! répond Anaïs en souriant.

— Et JR ?

— JR est devenu le seul et l'unique ! répond Lola. L'unique dans notre système solaire et quelques galaxies alentour avec qui elle ne veut plus coucher. Le seul mec qui ne l'attire plus sexuellement, à quelques années-lumière près !

Chloé encaisse le coup, Anaïs rigole.

— Depuis qu'elle le lui a spontanément révélé, il n'est pas bien, continue Lola.

— Tu m'étonnes…

— Youhou ! Ça va ? Ça ne vous ennuie pas de parler de moi comme si je n'étais pas là ! lance Anaïs en faisant semblant de bouder.

— Le toubib a dit à Lola de s'occuper l'esprit et de parler à ses amies ! Vas-y, continue, Lola ! ordonne Chloé.

— Bon, si c'est comme ça, je vous laisse, les filles. Je vais retrouver Robert !

— Ne faites pas trembler les murs de votre cabine ! lance Chloé.

— Évitez aussi de faire « crac-crac » dans un canot de sauvetage, il pourrait se décrocher ! ajoute Lola en souriant.

Anaïs s'éclipse en leur tirant la langue et en leur envoyant un baiser à chacune.

— Tu disais donc ? questionne Chloé une fois Anaïs partie.

— Ben, depuis qu'il sait qu'il ne l'attire plus, JR est sous antidépresseurs. On le serait à moins. Son estime de soi est en chute libre et les comprimés de Lexomil qu'il avale toute la journée ont du mal à le rattraper, même avec leurs petits bras musclés. Tu comprends maintenant pourquoi il est au bout de sa vie, comme tu le disais si bien la dernière fois.

La porte de la cabine s'ouvre à nouveau brutalement, laissant apparaître une Zoé passablement énervée, suivie de Jen' qui les prévient d'un haussement de sourcils de la mauvaise humeur de sa compagne.

— J'en peux plus !

Zoé s'écroule sur le fauteuil du salon de la suite et pose ses pieds sur la table basse devant elle.

— Alors, ce cours d'informatique avec Éléonore ? demande Lola.

Zoé lève les yeux au ciel.

— Il faut une *geek* très, très patiente pour elle. Moi, j'ai craqué, j'ai abandonné par KO. Jen' a pris le relais. Éléonore et la technologie, c'est un peu comme *Secret Story* et le CNRS !

— Elle s'est fait installer la box télé, le téléphone, Internet chez elle, tout compris à 29 euros par mois, continue Jen'. Enfin, tout compris… pour ceux qui ont tout compris, ajoute-t-elle en rigolant. Mais n'y comprenant rien, pour la mise en route, elle a dû appeler l'assistance : 34 centimes d'euro la minute. Et c'est quand elle a reçu sa facture qu'elle a compris qu'elle n'avait rien compris du tout !

**

Les filles sont chacune dans leur lit. Les plateaux-repas liquidés sont posés à même le sol, Lola somnole, Zoé tripote machinalement le clavier de son ordinateur portable, Chloé vérifie ses e-mails sur sa tablette. Elles regardent le film *Les Petits Mouchoirs* sur l'écran de leur téléviseur satellite.

— Je m'emmerde, ronchonne Zoé. Dieu que cette croisière m'emmerde !

— T'as qu'à regarder le film, rétorque Jenifer.

Zoé lance un regard morne à l'écran.

— Bof, je préfère acheter un ballon de basket-ball sur Amazon puis cliquer sur « Ajouter au panier »… Au moins, c'est drôle !

— Mais il est bien, ce film ! insiste Jenifer.

— Le cinéma nous prend pour des jambons ! s'enflamme Zoé. Les potes sont toujours potes après les vacances entre potes ! Ils partent en vacances en grand nombre, ramenant tous leur copain/copine. Moi, j'y vois une volonté de fusiller leur amitié. Regarde, tous les personnages ont des défauts insupportables ! Parmi lesquels celui de laisser leur meilleur pote tout seul à l'hosto entre la vie et la mort pour aller se griller la couenne au soleil… Mais bien sûr, c'est beau l'amitié ! s'écrie Zoé, ce qui fait sursauter Chloé et sa tablette. Ils picolent sans arrêt, passent leur temps à hurler les uns sur les autres, chouinent sur leurs petits problèmes, et certains poussent même le vice jusqu'à ramener leurs gosses ! Et pourtant, à la fin, ils vont être plus unis que jamais autour du cercueil de leur pote, qu'ils ont abandonné pour, sans scrupules, partir en vacances. Moi, j'te dis, si c'est moi qui avais écrit le film, tout ceci aurait fini en bain de sang !

— Ouais, ben heureusement, ce n'est pas toi ! rétorque Jenifer. Et laisse-moi regarder mon film tranquille.

En grognant, Zoé replonge son nez dans Amazon, son ballon et son « Ajouter au panier ».

— J'attends votre retour. J'attends votre retour ? Pourtant, je ne lui ai pas dit que je partais en vacances, s'étonne Chloé à voix haute.

— De quoi tu parles ? demande Jenifer pendant que Zoé ajoute également des balles de ping-pong, un ballon de football et quelques boules de billard à son panier Amazon.

— La fin d'un e-mail important que j'ai reçu aujourd'hui.

— « Retour » veut dire « réponse », dans ce cas, précise gentiment Jenifer.

— Punaise, mais qu'est-ce que je suis venue faire dans cette galère ! L'usine hormonale s'est transformée en cruche ! s'exclame Zoé.

— Moi, *cruche* ? s'écrie Chloé, profondément vexée.

— T'as vraiment la maturité d'un oisillon de deux jours. Donc, oui, je confirme, Chloé !

— Moi, une cervelle de moineau ?

Chloé commence à rougir de colère.

— Qu'est-ce qui se passe ? demande Lola, tout ensommeillée.

— Si tu préfères, une cervelle de moineau… Mais c'est une insulte pour le moineau !

Chloé est cramoisie.

— Calmez-vous, les filles, je voudrais bien voir la fin du film ! Enfin, si c'est possible ! s'énerve Jenifer.

— Et moi, dormir ! ajoute Lola en se mettant l'oreiller sur la tête.

— Enfin, je ne savais pas qu'un moineau pouvait gagner 26 millions d'euros au loto ! lâche Chloé, sarcastique.

— Qu'est-ce que tu racontes encore, Chloé ?

— Je raconte que la cruche a gagné 26 millions au loto. Voilà ce que je raconte !

— Mais bien sûr ! persifle Zoé.

— Ben, regarde si tu ne me crois pas !

Chloé balance sa tablette sur le lit de Zoé qui l'attrape *in extremis* avant qu'elle ne se fracasse contre le hublot.

— Regarde bien le dernier e-mail reçu ! hurle Chloé. Il vient de la Française des jeux !

Zoé lit l'e-mail en question.

— Oh putain ! lâche-t-elle.

Alertées par les cris de Chloé, Jenifer oublie son film et Lola est désormais bien réveillée. Elles sautent sur le lit de Zoé pour lire à leur tour le message.

— Vous voyez que c'est vrai ! J'ai rendez-vous au siège de la FDJ dès notre retour !

Les yeux s'écarquillent de plus en plus devant la tablette. Chloé exulte, mais semble surtout soulagée par cette révélation.

— T'as gagné combien ? murmure Lola dont le mal de mer semble avoir complètement disparu.

— 26 millions d'euros, répond Jenifer d'une voix blanche, prête à défaillir.

— Oh putain ! Oh putain ! 26 putains de millions d'euros ! se contente de ressasser Zoé.

Chloé, pendant ce temps, entame la danse de la victoire des Sioux en sautant à pieds joints sur son lit.

— Mais tu le sais depuis quand ? demande Lola, toujours sous le choc.

— Quelques semaines avant notre croisière ! jubile Chloé.

— Oh putain ! continue Zoé sans lâcher la tablette des mains. On va pouvoir faire plein de choses !

— On ? rétorque Chloé. On ? Nan, nan, nan ! Dans l'immédiat, l'oisillon de deux jours te demande avec diplomatie d'aller te faire voir chez les Grecs !

— Zoé !

— Oh putain ! Oh putain !

Zoé ne se remet pas de la nouvelle.

— Zoé ?

— Quoi, Jenifer ?

— Dans la panique, t'as validé ton panier Amazon !

8.

J'ai des questions à toutes vos réponses. (Chloé)

« **M**ais qu'est-ce que vous fichez, les filles ? On vous attend depuis une demi-heure ! »

Anaïs vient d'entrer dans la cabine. Elles doivent faire une excursion à Stavanger avec Éléonore et Marguerite, mais aucune des filles n'est prête. Chloé est sous la douche, Zoé et Jenifer encore au lit et Lola, à peine debout, avale ses comprimés contre la nausée.

— Ah ? On me signale dans l'oreiller qu'on est à la bourre ! répond Jenifer.

— Je t'embrasse pas, j'ai la gueule de bois, je vais te flanquer des échardes ! répond Zoé du fond du lit.

— La gueule de bois ? s'étonne Anaïs. Mais vous aviez décidé de vous reposer, hier soir ! Vous avez fait la fête ou quoi ?

— Au fait ! Faut que je te raconte ! s'exclame Zoé qui s'assied dans le lit.

Mais son soudain entrain matinal est arrêté net par un discret coup de pied de Jenifer.

— Bah ! Euh ! se rattrape Zoé, j'ai voulu tenir compagnie à Lola, donc j'ai picolé et on a vomi ensemble…

— Ah…

Anaïs est perplexe, peu convaincue de l'argument. Mais elle semble s'en satisfaire.

— Pour une fois que ce n'est pas à cause de moi ! sourit-elle. Donc, vous descendez à l'escale ? On vous attend ou pas ?

Les filles remuent la tête négativement. Chloé, qui vient de sortir de la salle de bains en peignoir et avec une brosse à dents dans le bec, confirme :

— *Nan marchi !*

— J'ai une telle flemme que je n'ai même pas envie de ne rien faire ! ajoute Zoé.

— Bon, j'ai compris ! Bande de flemmardes ! On se retrouve ce soir ?

— Pas de problème ! répond Jenifer. Bonne visite ! Et pas de nouvelles menottes, hein ?

— Promis ! rigole Anaïs en refermant la porte de la cabine. Quelques *sex toys* suffiront !

Zoé se lève enfin en se frottant le visage tel un chat :

— Oh là, là ! Mon petit doigt me dit qu'il est temps d'acheter des cotons-tiges !

***

Les filles ont vraiment mieux à faire que de découvrir encore des fjords et des montagnes, la nature sauvage va attendre ! Il faut que Chloé leur explique tout !

La veille, après que Zoé s'est enfilé quelques mignonnettes du minibar pour se remettre du choc, elles ont décidé de dormir et de remettre la discussion au lendemain.

Le Lysefjord, le Preikestolen et le Kjerag sont donc aujourd'hui le cadet de leurs soucis. Zoé et Jenifer sont bien décidées à en savoir plus et Lola n'est pas complètement rétablie.

Et ça tombe bien, le spa organise aujourd'hui une dégustation de thé japonais. Une activité et un lieu propices au repos et aux confidences.

— Je ne comprends toujours rien aux activités de ce navire ! râle Zoé en enfilant un kimono que l'animatrice lui tend. On est presque dans le Grand Nord et on va bientôt bouffer des nems !

Dans une pièce attenante au spa, derrière un rideau de rubans, les filles découvrent des voilages aux murs, une moquette cotonneuse, du bambou et des oiseaux en papier suspendus au plafond. Dans ce décor épuré, elles sont invitées à s'asseoir en tailleur autour de tables basses à thème : dégustation de thé et pâtisseries japonaises, atelier de calligraphie et atelier céramique.

— On commence par quoi ? demande Chloé.

Zoé et Jenifer ont déjà tranché : un fondant au thé vert cœur framboise pour l'une, un cookie au *genmaicha* pour l'autre.

— *Achelier pâticherie !*

Les filles grignotent en dégustant différents thés mis à leur disposition.

Lola se lance la première.

— Alors, Chloé, raconte-nous tout !

— Par quoi veux-tu que je commence ?

— Le début !

Chloé avale son thé vert d'un trait et respire profondément. Les filles sont suspendues à ses lèvres.

— Avec ma collègue de la pharmacie, j'ai pris l'habitude de jouer au loto une fois par semaine, le mercredi, et plus irrégulièrement à l'Euro Millions. Je faisais ce petit rituel auquel je n'ai jamais cru. Et puis, le miracle a eu lieu ! Nous sommes un dimanche et je vérifie les résultats sur mon ordinateur et c'est le choc. Mes numéros s'étalent dans l'ordre ! Je ne crie pas, je reste figée à égrener les nombres comme si je récitais une prière… Et les larmes coulent. Moi, Chloé, je suis riche de plus de 26 millions d'euros, mais je pleure en silence, comme pétrifiée. Je n'y crois pas encore.

— Et Bruno ? Comment a-t-il réagi ? s'informe Lola en reniflant les feuilles sèches d'un thé.

— Il n'en sait toujours rien…

— Comment ça, il n'en sait rien ? s'exclament Jenifer et Zoé.

— Au départ, j'avais peur de m'être trompée, que le ticket ne soit pas gagnant ou que je ne puisse pas réclamer mon prix. Je craignais à la fin de passer pour une cruche, ajoute-t-elle en lançant un regard à Zoé.

— Oui, mais après ? demande Lola.

— Ben, tu sais, tu ne vas pas chercher 26 millions au bar-tabac du coin comme ça, il y a une procédure à suivre. Après m'être identifiée auprès de mon buraliste, j'ai fait des photocopies des deux faces du ticket et j'ai déposé l'original dans un coffre-fort de ma banque. Ensuite, la FDJ m'a contactée par téléphone pour organiser un rendez-vous. Car au-delà de 15 millions d'euros, la remise du gain s'effectue au siège de la Française des jeux et un accompagnement est mis en place.

— Quel accompagnement ? demande Jenifer.

— Je n'en sais trop rien, ils m'ont parlé d'un accompagnement au niveau financier et humain. Une journée d'information et de familiarisation à la gestion du patrimoine et la gestion humaine qui consiste en l'écoute, l'échange d'expérience entre gagnants et un suivi personnalisé.

— Et donc, tu es allée à Paris ?

— Non, pas encore, c'était trop d'émotions pour moi ! J'ai rendez-vous la semaine prochaine, à notre retour, c'était l'objet de l'e-mail d'hier. Il me fallait un peu de temps pour digérer tout cela. Ça m'a rendue malade !

— Le dérèglement hormonal vient de là ? demande Lola.

Chloé acquiesce.

— Ben moi, je veux bien chialer pendant des mois, voire des années, si c'est pour 26 millions d'euros !

— Chut, Zoé ! Laisse-la finir.

— Ah ben, j'ai fini ! clame Chloé. Que vous dire de plus ?

— Attends, j'ai une question : comment se fait-il que tu dépenses autant alors que tu n'as pas encore touché ton gain ?

Chloé soupire.

— Quand je suis allée à ma banque pour louer un coffre, mon banquier, qui me menait la vie dure, m'a demandé pourquoi. Je lui ai dit. Il m'a aussitôt accordé une autorisation de découvert dont le montant me fait encore froid dans le dos.

— Combien ?

— 100 000 euros !

— Ah ouais… Avec ça, tu peux voir venir ! s'extasie Zoé.

— Et il a radicalement changé d'attitude, il m'a invitée au restaurant, m'a offert des places pour Roland-Garros.

— Ah, les charognards !

— Tu comprends maintenant pourquoi je suis un peu perdue ! dit Chloé avant de se mettre une nouvelle fois à pleurer.

— Ah non, tu ne vas pas encore piailler ! Que tu clignotes des yeux à cause d'un dérèglement hormonal, je peux « un peu » le comprendre. Mais si c'est pour 26 millions de patates, je pète un câble et te balance par-dessus bord !

— Chut, Zoé ! Mais pourquoi tu ne nous as rien dit à nous, ni à Bruno ?

— Parce que la FDJ m'a demandé de me taire pour préserver mon anonymat.

— Mais nous ne sommes pas des étrangers ! s'exclame Lola.

Chloé fond en larmes.

— Par-dessus bord, je vais la balancer par-dessus bord ! grommelle Zoé en sniffant des feuilles infusées.

— Parce que j'ai peur que cela change mes relations dans mon couple et avec vous ! avoue Chloé en reniflant.

— Mais y a aucune raison que ça change ! s'écrie Lola en prenant Chloé dans ses bras.

— Non, confirme Zoé, sauf si elle continue à se lamenter ! ajoute-t-elle en faisant mine de balancer un corps inerte du pont supérieur.

Les filles s'esclaffent. Même Chloé rit, soulagée par l'aveu.

— Alors, quels seront tes premiers achats ? demande Jenifer.

— Je pense changer de voiture, mais prendre un modèle discret, genre « je me la pète pas ». Je pensais à une Fiat Multipla…

Zoé éclate de rire.

— Ah oui ! Bonne idée ! Achète une Fiat Multipla, c'est clair que pour le coup, personne ne pourra prétendre que tu te la pètes, mais alors là, personne !

Les filles pouffent devant le regard interrogateur et naïf de Chloé.

— Ben quoi ? C'est bien une Multipla.

— Mais oui, c'est bien ! la rassure Lola qui pleure de rire.

— Et quoi d'autre ?

— Je pense à un lifting et à me faire refaire le nez…

— Et la gonzesse, elle va ressortir avec un nez de chihuahua ! Faudra tenir ton Kleenex avec une pince à épiler quand tu te moucheras à force de t'apitoyer sur ton sort !

Les filles éclatent de rire.

— Alors, c'est quoi comme thé ? intervient une animatrice des saveurs du spa.

Les filles goûtent le breuvage qu'on leur propose.

— Ça sent le savon, tente Lola.

— Moi, je dirais le désodorisant pour w.-c., continue Zoé.

L'animatrice retrousse son nez pour vérifier.

— C'est de la rose, confirme-t-elle.

Vexée, elle s'éloigne, laissant les filles hilares.

Après avoir repris leur respiration, les amies décident de partir avant de se faire virer pour nuisances sonores par l'animatrice susceptible.

De toute façon, après avoir enchaîné les tasses de thé, la nature les rappelle à leur humanité : pipiiii !

Et première arrivée à la cabine, première aux toilettes !

En attendant que la gagnante, Zoé, daigne sortir du p'tit coin, Jenifer, Lola et Chloé se tortillent d'un pied sur l'autre en essayant de penser à autre chose qu'à leur vessie, sur le point d'exploser.

— Mais pourquoi tu nous as demandé de ne pas en parler à Anaïs hier soir ? demande Lola en se dandinant. Merde, Zoé, magne-toi !

— Désolée, je viens d'ouvrir les vannes ! répondent les toilettes.

— Parce que je veux qu'elle retourne avec JR ! répond Chloé en gigotant d'un pied sur l'autre.

— Je ne vois pas le rapport, intervient Jenifer en se tenant le bas-ventre.

— Ben, comme j'ai de l'argent maintenant, je n'hésiterai plus à l'aider et donc financièrement, elle va être à l'aise. Alors que si elle ne sait rien, elle sera toujours dans les ennuis financiers, surtout avec Robert, le radin. Et tôt ou tard, elle retournera avec JR.

Les filles sont tellement stupéfaites qu'elles en oublient presque leur besoin urgent.

La porte de la salle de bains s'ouvre.

— T'as vraiment le cerveau moisi, ma pauvre Lucette ! s'exclame une Zoé soulagée.

Jen' prend aussitôt sa place sous le nez de sa concurrente la plus sérieuse, Lola, qui se tortille de plus belle.

— Non seulement ton idée est tordue, continue Zoé, mais je la trouve malsaine ! Toi qui tiens à garder notre amitié intacte, tu viens d'y balancer un pavé ! Et je te préviens, si un jour Anaïs l'apprend, tu risques de passer un sale quart d'heure !

— Alors, elle était bien cette excursion, Blanche-Neige ? demande Zoé.

— Pourquoi tu m'appelles Blanche-Neige ? s'étonne Anaïs en s'installant à table.

— Tu ne connais pas Blanche-Neige ? pouffe Zoé. Celle qui pourrait transformer la virilité des Sept Nains en saucisse polonaise pendant des heures ?

Anaïs lève les yeux au ciel.

— T'es vraiment conne !

— Cette excursion était juste magnifique ! répond Éléonore en revenant du buffet avec une assiette bien remplie, suivie de Marguerite. D'ailleurs, ajoute-t-elle en désignant sa tablette numérique posée à côté de ses couverts, j'ai lu une enquête réalisée par le magazine *National Geographic Traveler* et le Centre de *National Geographic* : les fjords norvégiens figurent parmi les plus belles destinations touristiques du monde !

— Apparemment, vous avez bien suivi les cours de Zoé en informatique ! constate Lola en souriant. Maintenant, vous surfez sur le Net ! Félicitations.

— Mouais, grommelle Zoé. Dans le guide d'utilisation de sa tablette, il doit y avoir : « En cas de souci, ne vous faites pas chier : contactez Zoé ».

Les filles rigolent.

Un serveur s'approche de la table avec un chariot rempli de desserts.

Zoé pique du nez dedans.

— En points Weight Watchers, elles font combien vos gaufres ? Votre omelette norvégienne ? Votre *pavlova* ? Bon ben, mettez les trois alors. Chantilly-Nutella, merci.

La soirée se passe bien, les filles sont contentes de se retrouver. Avec ou sans bagages, grâce aux achats effectués par Chloé lors de son escale à Flam, elles arrivent à se changer normalement et il ne reste que trois jours de croisière.

— Par contre, Robert devrait changer de fringues, relève Zoé. Elles sont tellement ringardes qu'il doit être sponsorisé à plein-temps par New Man.

— Fiche la paix à mon mec ! riposte Anaïs.

— Ah oui, j'oubliais, il est radin ! Choisis mieux ton sponsor la prochaine fois et oublie Pierre Cardin si tu ne veux pas passer pour un *has been* ! poursuit Zoé. Au fait, si vous gagniez au loto, vous feriez quoi, vous ?

La question tombe comme un cheveu sur l'omelette norvégienne. Lola et Jenifer se regardent, inquiètes, avant de lancer un regard lourd à Zoé, et Chloé, toute rouge, s'active bruyamment à faire fondre le sucre dans son café.

— Faut déjà commencer à jouer ! répond Anaïs.

— Supposons ! relance Zoé.

— Une crise cardiaque ! s'exclame Marguerite en riant.

— À ce propos, il paraît qu'il y a de plus en plus de personnes âgées qui se suicident.

— Quelle impatience ! rétorque Jenifer en rigolant.

— Si je gagne au loto, je vous interdis de me tutoyer ! lance Éléonore, tout enjouée, à Zoé.

— OK, Lolo ! Moi, j'achète la Belgique, je la revends aux Suisses et je place tout à Monaco ! Et toi, tu ferais quoi, Chloé ? continue Zoé.

Chloé est en train d'attaquer le fond de sa tasse avec sa cuillère.

— Euh… Je ne sais pas, je n'ai rien de prévu…

Lola lance un regard suppliant à Jenifer qui tente de clore la conversation.

— Si je gagnais, j'arrêterais certainement de me poser la question de savoir ce que je ferais si je gagnais…

— Moi, je ferais construire un hôpital psychiatrique pour m'y enfermer, parce que je crois que je péterais un câble ! répond Zoé en regardant Chloé d'un air ironique.

— Si je gagne au loto ? enchaîne Robert. Je sors le grand jeu et je m'achète un kebab avec des frites et la boisson de cinquante centilitres !

Les filles éclatent de rire.

Robert a parfois de telles reparties qu'il pourrait en devenir sympathique, songe Lola.

— Je pense que mes amies se multiplieraient comme les petits pains aux Noces de Cana, ajoute Éléonore.

— L'argent, ça complique les relations, confirme Anaïs.

— Pas de risque pour toi ! plaisante Zoé. T'as pas un rond devant toi et ce n'est pas le radin à côté de toi qui va t'en filer. Ce n'est pas lui qui va envoyer de l'argent pour sauver les hirondelles chiliennes du grand requin blanc. Il n'empêche que moi, si j'étais dans la panade, j'aimerais bien que des gens m'aident à en sortir !

Chloé, cramoisie, s'étouffe en avalant son café de travers.

Pendant qu'Anaïs lui tape dans le dos, Jenifer glisse à Zoé :

— Mais qu'est-ce que tu fabriques ? Tu avais promis de ne pas en parler, tu ne vois pas que Chloé est gênée ?

Zoé se penche vers Jenifer et lui murmure à l'oreille :

— Je le vois très bien, ma chérie, mais ce que fait Chloé vis-à-vis d'Anaïs me déplaît au plus haut point. Elle souhaite que nos relations restent les mêmes, mais c'est la première à vouloir manipuler Anaïs avec son foutu pognon ! Alors, je ne dirai rien, mais je ne vais pas me gêner pour la mettre mal à l'aise !

— Je suis d'accord avec toi… Mais je t'en prie, arrête pour ce soir, fais-le pour moi.

Devant le regard de chien battu de son amoureuse, Zoé abdique.

— Bon ben, comme je ne risque pas de gagner au loto, je vais aller acheter dix cartouches de cigarettes que je vais déposer dans un coffre à la banque. Si tout va bien, dans cinq ans, j'arrête de bosser !

La soirée se termine tranquillement. L'orage Zoé a cessé de gronder, au grand soulagement de Lola et Jenifer.

Les filles se concertent à voix basse. Peut-être que cet électrochoc va être bénéfique à Chloé. Quelle idée saugrenue de cacher sa fortune toute neuve à Anaïs. Elle pense ainsi pouvoir piloter la vie de sa propre amie ? Et Bruno, pourquoi elle ne lui a rien dit à lui non plus ?

Les deux amies s'interrogent et observent discrètement Chloé, qui se retient désormais de pleurer de crainte de passer vraiment par-dessus bord. Elle donne le change en souriant et en blaguant avec les autres pendant que Zoé donne un cours de rattrapage informatique à Éléonore, très concentrée sur sa tablette.

— Il faudra que quelqu'un lui remette les pieds sur terre, elle ne touche plus le sol ! conclut Jenifer.

Lola acquiesce discrètement.

— Non, Éléonore ! Non, non, non ! « Control », « F1 » ou « Escape » ne se tapent pas en toutes lettres !

9.

Il ne faut jamais jouer à saute-mouton avec une licorne. (Zoé)

Quels sont les deux mots à ne jamais prononcer lors d'une croisière ?

Chloé, Lola, Zoé et Jenifer le savent désormais. Elles ont été mises en quarantaine pendant quarante-huit heures, soit jusqu'à la fin de la croisière. Toutes les quatre prises de nausées et de vomissements dans la nuit, le médecin de bord a cette fois-ci diagnostiqué un virus intestinal norovirus. Ce genre de virus est le pire ennemi de l'industrie des croisières, car il peut se répandre comme une traînée de poudre parmi tous les passagers.

Mauvaise manipulation des aliments en cuisine ? Peu probable, car Anaïs, Robert, Marguerite et Éléonore ne sont pas malades. L'atelier pâtisserie de la veille ? Très certainement.

Quoi qu'il en soit, à peine les filles avaient-elles prononcé les mots « vomir » et « diarrhée » qu'elles ont aussitôt appris qu'elles allaient passer deux jours pleins assises dans leur cabine de luxe, le personnel leur apportant de la soupe et des biscuits.

— Cette croisière est maudite ! rumine Zoé en sortant pour la millième fois des toilettes. Putain ! J'ai la tronche dans l'cul, heureusement que je ne suis pas une licorne !

Lola, Jenifer et Chloé, malgré leur état vaseux, pouffent de rire. Zoé semble être la plus atteinte par ce méchant virus, puisque les toilettes sont devenues sa résidence principale, et ses allées et venues sont ponctuées par la douce mélodie de la chasse d'eau.

Seuls Anaïs et Robert sont autorisés à leur rendre visite. Éléonore et Marguerite, à cause de leur âge avancé, n'en ont pas la permission : un norovirus pourrait avoir des conséquences graves sur leur état de santé.

Anaïs s'installe délicatement autour du Monopoly posé sur la table basse qu'un membre de l'équipe a eu la gentillesse de leur apporter pour passer le temps.

— Tu arrives, Zoé ? On va commencer la partie !

— Dis ça à mon estomac et à mes intestins, Lola ! Commencez sans moi, ou foutez-moi en prison pour trois tours ! Moi qui pensais que le meilleur moyen de tester ses défenses immunitaires, c'étaient les douches collectives d'un camping ! Eh bien non, c'est sur ce foutu rafiot !

Anaïs récupère tous les coussins qu'elle peut trouver pour les placer délicatement sous ses fesses. Cette nuit, elle a fait une allergie à un nouveau lubrifiant déniché à Stavanger. Elle a le popotin à faire pâlir de jalousie un babouin. Mais après l'affaire des menottes, elle n'a pas envie d'en parler au médecin. Les ragots vont vite au sein du personnel de bord.

— Allez, Anaïs, tu commences ! Mais toi, avec une dette de 10 000 euros ! s'exclame Jenifer en lui retirant tous ses billets.

— Ben pourquoi ?

— Comme tu es raide comme un passe-lacet, tu as besoin de comprendre le sens de l'argent, comment l'investir et le gérer !

Les filles pouffent. Heureusement, Anaïs n'est pas susceptible.

— J'aurais préféré une carte bancaire avec plafond illimité. J'hérite d'un Monopoly, il faut se satisfaire de peu, mais en plus je démarre à découvert !

Zoé sort enfin des toilettes et prend place à la table.

— Si toi tu commences à découvert, avec combien démarre Chloé ?

Chloé plonge le nez dans les cartes « Caisse de Communauté ».

Anaïs regarde Zoé d'un air interrogateur.

— Pourquoi ? Elle a des problèmes financiers ?

Robert passe la tête par la porte entrebâillée de la cabine.

— À la place du bouillon de légumes et des biscuits, si je vous ramenais du saumon fumé du restaurant ? Ni vu ni connu ! ajoute-t-il avec un clin d'œil complice.

Les filles acquiescent avec enthousiasme, sauf Zoé, à qui l'énoncé du mot « saumon » tord les boyaux.

Elle file de nouveau aux toilettes.

— Balancez-moi au trou pour dix tours !

— Dans le fond, il est gentil, Robert ! constate Jenifer en lançant les dés.

— Dans le fond, dans le très profond, alors ! répondent les toilettes.

— Les gens les plus rapides à juger sont aussi les plus lents à réfléchir ! riposte Anaïs.

— Je suis entièrement d'accord avec toi ! répondent les w.-c. T'en penses quoi, toi, Chloé ?

— Bah, euh… pas grand-chose, bredouille-t-elle, embarrassée.

Anaïs regarde Chloé une nouvelle fois d'un air interrogateur.

— Mais c'est quoi, ces réflexions à mots couverts ?

Chloé, cramoisie, se contente de hausser les épaules, pendant que Jenifer et Lola tentent par tous les moyens de changer encore une fois de conversation.

— Zoé, tu devrais vomir au lieu d'avoir la chiasse, au moins tu fermerais ta gueule ! balance Jenifer en rigolant.

La porte des toilettes lui répond du tac au tac :

— Moi, je connais un gars, jusqu'à l'âge de 10 ans, il a cru qu'il s'appelait « Ta gueule ! ».

Les filles éclatent de rire.

Zoé sort enfin des toilettes.

— Par contre, c'est la panade, je n'ai plus une culotte propre !

— Comment ça ? dit Lola.

Zoé soupire.

— Je te signale qu'on se bat avec trois culottes chacune depuis le début de cette croisière merdique. La première, celle que nous portions au départ, et les deux autres que Chloé nous a achetées à chacune lors de l'escale de Flam. Et je ne parle pas de celle avec la photo du bateau sur les fesses ! Je défie quiconque d'avoir le temps de laver et sécher ne serait-ce qu'une seule culotte quand on passe la nuit aux chiottes !

Anaïs se lève aussitôt.

— Je vais aller te trouver ça ! On vient de faire escale à Oslo, je vais aller à terre avec Robert et faire quelques achats de première nécessité. Vous avez besoin d'autre chose ? demande-t-elle aux filles.

— Mais t'as plus mal aux fesses ? demande Chloé.

— Bien sûr que si, mon fessier a doublé de volume. Mais pour mes amies, je suis aussi en forme que Georges Clooney après trois expressos !

Les filles établissent une liste d'achats. Elles insistent pour qu'Anaïs prenne leur carte de crédit, mais elle refuse.

— Je ne vais pas débarquer avec cinquante cartes de crédit ! sourit-elle. Je vais me débrouiller avec Robert.

— N'oublie pas qu'il est radin ! précise Chloé.

— Moi, radin ? lance Robert qui revient avec un plateau rempli de viennoiseries, de saumon et jambon fumés. Radin, certes, mais il m'arrive aussi d'être sympa, sourit-il.

— Un radin mytho cool, en fait, conclut Zoé.

— Et les premiers qui t'aident sont toujours ceux qui savent ce que c'est qu'être en galère ! ajoute Anaïs qui se presse de quitter la cabine avec Robert, direction les magasins d'Oslo.

— Entièrement d'accord avec toi ! réplique Zoé. Hein, Chloé ? T'es d'accord, toi aussi ?

Anaïs jette un regard à Zoé d'un air suspicieux, puis se contente de lever les yeux au ciel avant de refermer la porte derrière elle.

*

Les heures passent et l'ambiance est pesante dans la cabine. Les filles s'occupent comme elles le peuvent, mais le volcan Zoé est de nouveau prêt à entrer en éruption.

— On se refait un Monopoly ? demande timidement Chloé.

— Bof, pas trop envie, répondent Jenifer et Lola qui regardent machinalement la télé.

— Et toi, Zoé ?

— Certainement pas ! répond sèchement le volcan.

— Mais que me reproches-tu, enfin ! lâche Chloé au bord des larmes, voulant crever l'abcès.

Zoé lève les yeux du magazine dont elle tournait rageusement les pages.

— Ce que je te reproche ? Moi ? s'exclame-t-elle.

— Oui, toi !

Zoé jette sa revue dans un coin de la cabine.

— Je n'irai pas par quatre chemins, je risquerais de me perdre en route ! Je te reproche de nous avoir fait chier pendant presque une semaine avec tes chialeries que tu mettais sur le compte d'un soi-disant dérèglement hormonal. Je te reproche de nous avoir menti, parce que de dérèglement hormonal, il n'y en a pas ! Je te reproche de nous avoir caché à nous, tes meilleures amies, d'avoir gagné au loto. Je te reproche de le cacher à ton propre mari, mais par-dessus tout, ajoute Zoé en reprenant sa respiration, je t'en veux énormément de vouloir le cacher à Anaïs dans l'unique but de diriger sa vie ! Voilà, Chloé, pourquoi je t'en veux. T'as pris la grosse tête ! Sous tes airs de sainte-nitouche, t'es une sacrée manipulatrice ! Et si tu chiales depuis des jours, c'est peut-être parce que tu culpabilises de ne pas l'avoir dit à ton mari ! Et nous l'avoir caché pendant plusieurs semaines démontre le peu de confiance que tu accordes à tes meilleures amies.

Chloé accuse le coup. Elle se tourne alors vers Lola et Jenifer.

— Vous pensez comme Zoé ?

— Ben moi, à ta place, je sauterais de joie au lieu de pleurer, sourit Jenifer. Et, oui, pour résumer, je ne comprends pas ce qui te motive à ne rien dire à Anaïs. Ça me fait beaucoup de peine pour elle, mais surtout cela ne te ressemble pas.

— Et toi, Lola ?

— Pareil, Anaïs ne mérite pas cela. Elle a le droit de vivre sa vie comme elle le souhaite et avec qui elle le souhaite. Si elle ne veut plus de JR, ça ne te regarde pas. Et ton idée est juste stupide. C'est à croire que tu ne la connais pas. Anaïs préférerait dormir sous les ponts que de se remettre avec son ex, surtout si elle n'en a pas envie.

Chloé encaisse une nouvelle fois le coup. Elle reste silencieuse un instant, puis lâche laconiquement :

— Ils m'avaient prévenue, à la FDJ…

— Prévenue de quoi ? demande Jenifer.

— Que tout cet argent allait provoquer des jalousies !

— Attends, la coupe Zoé, t'es en train de prétendre qu'on est jalouses de ton fric ?

— Tout à fait ! confirme une Chloé méconnaissable, le regard dur.

— Mais ça ne va pas bien, Chloé ? intervient Lola. T'as pété une durite ou quoi ?

— Vous êtes tout simplement jalouses ! Vous crevez de jalousie !

— Fais gaffe, Chloé, si tu ne veux pas te taper sur les doigts, tiens bien ton marteau à deux mains ! gronde Zoé.

— Mais on n'en a rien à foutre de ton fric ! commence à s'énerver Jenifer.

— Rien à foutre ? Depuis que je vous en ai parlé, Zoé n'arrête pas de m'envoyer des vacheries dans la tronche !

— C'est uniquement par rapport à Anaïs ! On s'en tape du reste. Au contraire, on est ravies pour toi ! tente de pondérer Lola. Bon, c'est clair qu'avoir une amie millionnaire, c'est plutôt sympa pour les virées shopping !

— Ouais ! Shopping qui va se transformer en shopping à volonté ! Maintenant, vous allez toutes trouver en Rambouillet une destination extraordinaire ! Je vais vous voir défiler chez moi ! Que je suis stupide ! J'aurais mieux fait de ne rien dire !

Les filles se regardent, complètement abasourdies.

— Avoir une personnalité narcissique sans avoir d'estime pour soi est assez divertissant : un jour, t'es un génie, et le lendemain, t'es une merde !

— Qu'est-ce que tu veux dire par là, Zoé ?

— Que tu te prends pour le centre du monde, Chloé ! Que tu joues à la pauvre victime ! Et que tu nous insultes en prétendant que nous sommes jalouses ! N'oublie pas que tu es unique : comme tout le monde ! Et ton fric, on s'en cogne !

— Tu parles ! Vous êtes pendues à mes basques depuis que je vous l'ai dit !

— Tu devrais essayer de rassembler tes esprits, Chloé ! la sermonne Lola. Sinon, moi, je vais demander à être en quarantaine dans une autre cabine. Je ne supporte pas ta mauvaise foi ! Toute cette affaire te monte à la tête !

— Ne te fais pas de souci, Lola, rétorque Chloé, c'est moi qui change de cabine.

Chloé se lève brutalement et va décrocher le téléphone. Quelques secondes plus tard, le service de réservation à bord lui répond.

— Achète un navire rien que pour toi ! lance Zoé.

Après avoir raccroché, Chloé attrape ses affaires qu'elle balance en vrac dans un sac. Quelques minutes plus tard, le médecin et deux membres d'équipage, quarantaine oblige, sont présents pour la transférer dans une autre cabine.

— Allez, salut et bon vent ! Tu reviendras quand tu auras touché de nouveau terre ! lâche Zoé en bâillant.

— Toi, tu devrais apprendre à mettre ta main devant la bouche ! Ça ne coûte rien d'être polie !

— Je mettrai ma main devant ma bouche quand je bâille le jour où tu mettras ta main devant ton cul quand tu pètes !

— Bande de jalouses perverses !

— Pense ce que tu veux ! Mais nous, on ne cherche à manipuler personne !

Chloé claque la porte. Les trois amies restent silencieuses un long moment. Quelques larmes coulent sur les joues de Lola, choquée.

— Allez, ne pleure pas ! tente de la consoler Jenifer. Ça lui passera !

— Pas à moi ! Tu te rends compte, elle croit qu'on en veut à son pognon ! C'est impardonnable ! Elle vient de briser une grosse partie de l'amitié et de l'affection que je lui portais depuis toujours !

Zoé se lève pour retourner encore une fois aux toilettes.

— Une idiote à la tête d'une fortune ressemble à un alpiniste au sommet d'une montagne : tout lui semble petit, mais il semble petit à tous aussi !

*
* *

— Bon, faisons le point sur ces vacances géniales : on a une millionnaire larmoyante qui fait son *coming out* de future richarde, une chaudière ambulante avec le cul d'un babouin, un Pinocchio près de ses sous, pas de bagages, des escales en mode « Nature et Découvertes » qui me gavent, une mise en quarantaine et une Lola furax qui ne décolère pas !

— Ce qu'elle vient de nous faire n'a rien à voir avec ma conception de l'amitié, Zoé ! s'écrie Lola, toujours sous le choc.

— Ah, j'oubliais ! On a aussi deux vamps dont une me harcèle via ma boîte e-mail depuis que je lui en ai expliqué le fonctionnement ! ajoute en riant Zoé qui montre son *laptop* posé sur ses genoux.

— Comment ça ? demande Jenifer.

— Eh bien, mis à part nous souhaiter un bon rétablissement, ce qui est sympa, elle vient de me demander mon avis sur l'imprimante qu'elle souhaite acheter à son retour sur Paris. Je lui ai demandé : « Imprimante couleur ou noir et blanc ? » À cela, elle vient de me répondre : « Couleur, c'est bien, oui ! Et j'aimerais couleur saumon ! Ça ira bien avec les murs de mon appartement ! »

Jenifer et même Lola éclatent de rire.

— Elle est impayable, cette Éléonore ! s'esclaffe Jenifer.

— Les touches « *Page up* » et « *Page down* », elle les appelle « sapin haut » et « sapin bas » ! J'ai eu du mal à comprendre de quoi elle parlait ! pouffe Zoé. Lolo, c'est mon pruneau : une personne âgée toute ridée et qui fait chier !

Les filles partent d'un fou rire nerveux et c'est à ce moment-là qu'Anaïs et Robert reviennent, les bras chargés de sacs. Lola, Jenifer et Zoé se concertent rapidement du regard. Elles n'y ont pas réfléchi et ne savent pas comment réagir quand Anaïs se rendra compte de l'absence de Chloé.

— On ne dit rien ! glisse Zoé aux filles. Chloé ne voulait rien dire ! Nous ne dirons rien ! Qu'elle se démerde avec Anaïs et sa propre conscience !

— Qu'est-ce que tu dis ? s'enquiert Anaïs, tout essoufflée, en renversant culottes, soutiens-gorge et sweat-shirts sur le lit de Chloé. Voilà, j'ai pris deux exemplaires par personne ! Je pense que cela suffira pour le restant du voyage ! Et Robert nous a offert à chacune des bottines fourrées.

Les filles se jettent sur les achats.

— J'adore ces bottines ! s'exclame Jenifer. Des vrais chaussons !

— Menteur patenté, mais pas si radin que ça ! relève Zoé.

— On va dire qu'Anaïs m'a demandé de faire des efforts. Sous la menace d'un flingue, je n'ai pas trop eu le choix ! plaisante Robert.

— Chloé est malade ? Elle est aux toilettes ? demande Anaïs en la cherchant des yeux.

Les filles baragouinent quelque chose, le nez plongé dans les affaires neuves.

— Hein ? Quoi ? Je ne comprends rien !

Lola prend Anaïs dans ses bras et passe à autre chose.

— Moi, je voulais juste te remercier d'être aussi attentionnée avec nous. J'espère que tu le seras tout autant avec Noé dès notre retour ! ajoute-t-elle maladroitement.

— Chloé va bien ? s'inquiète Anaïs. Et c'est quoi cette histoire avec mon petit-fils ?

— Je me suis engueulée avec elle, et elle a décidé de changer de cabine ! Voilà, c'est tout ! annonce Zoé.

— Mais pourquoi ? demande Anaïs. Et Lola, c'est quoi cette histoire à propos de Noé ? Qu'est-ce que tu veux dire par là ? T'es en train de me dire que je ne m'occupe pas assez de lui ?

— Pour Chloé, ce sont des broutilles, ça va finir par s'arranger ! intervient Jenifer.

— *Des broutilles ? Par s'arranger ?* répète Anaïs qui commence à voir rouge. Tu fais chier, Zoé. J'ai bien vu, tout à l'heure, tu n'arrêtais pas de la chercher, de la piquer avec des réflexions à deux balles ! Hier soir, au dîner, elle semblait déjà mal à l'aise ! Et toi, t'en es au point de me faire la morale sur la façon dont je m'occupe de notre petit-fils ?

Lola, confuse, bredouille quelque chose d'incompréhensible.

— Mais qu'est-ce qui vous prend ? Vous êtes devenues méprisantes ou je rêve ! Vous en foutez plein la gueule à Robert depuis le début de la croisière – à moi aussi, au passage ! Mais moi, je m'en fiche ! Et maintenant, vous vous en prenez à Chloé ! Chloé qui m'a offert la croisière, m'a passé du fric, qui a payé les vols Paris-Amsterdam et qui nous a habillées de la tête aux pieds ! Sans elle, vous seriez à poil ! Vous êtes des ingrates ! Des purs produits de la mode, de la pub ou des cosmétiques. Vous n'avez aucune reconnaissance ! En fait, vous ne connaissez rien de rien à la vie ! (Puis, se tournant vers Lola, cramoisie) Et toi, alors toi ! Moi qui pensais que tu étais la mieux placée pour comprendre les galères que j'ai traversées depuis mon divorce ! Tu me dégoûtes ! Moi, je n'ai pas les moyens d'avoir une nounou à plein-temps pour Noé ! Je n'arrive même pas à boucler mes fins de mois sans être à découvert ! Après mes heures au lycée, je fais du téléphone rose ! Tout ça pour participer financièrement autant que toi à l'éducation de P'tit Loup ! Et tu viens me dire que je ne suis pas assez attentionnée ! Mais crois-tu que j'en ai au moins le temps ! se met-elle à crier subitement.

— Désolée, je ne savais pas, ce n'est pas ça que je voulais dire, s'excuse Lola.

— Si c'est pas ça, c'est quoi alors ? Et puis ça suffit ! Viens, Robert, on se casse !

Anaïs ramasse nerveusement quelques affaires parmi les sacs renversés.

— Ça ne vous dérange pas si je prends quelques trucs pour Chloé aussi ? ironise-t-elle.

Avant de quitter la cabine, elle observe une dernière fois les filles.

— Mais regardez-vous dans une glace ! Vous êtes pitoyables ! Arrogantes et égoïstes !

— Attends, Anaïs ! Tu te trompes ! Ce n'est pas du tout cela ! Bien au contraire, je vais t'expliquer ! intervient Jenifer.

— Laisse-la partir si elle le souhaite ! la coupe Zoé. À force de marcher sur des œufs, on finit par avoir des œufs mi-mollets !

La porte de la cabine claque une nouvelle fois violemment derrière Anaïs.

— Arrêtez de claquer cette foutue porte, vous allez finir par l'arracher ! lâche laconiquement Zoé. Ah ben, et puis voilà ! On a une nouvelle chouineuse ! lance-t-elle à Jenifer en désignant Lola en larmes.

Jenifer est ulcérée.

— Zoé ! Maintenant, tu vas fermer ta grande gueule !

10.

L'argent ne défait pas le bonheur. (Lola)

La croisière touche à sa fin, on va bientôt débarquer à Copenhague, le retour à la maison va être bien triste et difficile, soupire Lola en réunissant le peu de vêtements de cette croisière.

Depuis ces deux derniers jours, la bande d'amies unie depuis toujours est divisée en deux clans qui ne s'adressent plus la parole.

D'un côté : Chloé et Anaïs. De l'autre : Zoé, Jenifer et Lola.

Robert a tenté d'arranger les choses entre les filles en imaginant tout un tas de scénarios qui sont tombés à l'eau au fur et à mesure de leur mise en place. Grosse erreur que de laisser chacune exprimer ses désirs ! Après 340 allers-retours entre les cabines de Chloé, Anaïs et celle de Lola, Zoé, Jenifer, il a décidé de prendre les choses en main ! Quand il s'agit de choisir lieux, moments propices et stratégies, mieux vaut ne pas avoir une grande conscience démocratique et imposer un régime totalitaire ! a-t-il décrété.

Aussi, la dernière occasion pour Lola de se réconcilier avec Anaïs repose sur les épaules de Robert-Adriel-le mytho-radin-sympa à ses heures.

— J'adore le travail d'équipe entre nous, ça me rappelle le bureau ! Cela me donne l'occasion d'expliquer pourquoi mes idées sont toujours les meilleures ! s'est-il vanté devant une Lola inquiète des conséquences de ses idées farfelues.

Mais Robert est son seul espoir.

Elle a eu raison de s'inquiéter.

Robert a monté un plan machiavélique, selon lui, c'est-à-dire foireux d'avance pour Lola. Lors d'un passage au spa, il a poussé discrètement le smartphone d'Anaïs dans la piscine, espérant un rapprochement entre Anaïs et Lola qui, grâce à ses relations professionnelles, bénéficie de forts rabais sur les Android de dernière génération.

— Tiens, il n'est pas *waterproof*, ton Galaxy ? Tu devrais voir avec Lo…

La réflexion de Robert, visage angélique, débordant de sincérité, n'a pas fait mouche. La réaction d'Anaïs a été proportionnellement inverse à celle espérée.

Non seulement elle a hurlé contre Robert, à en déclencher la sirène du navire, mais elle lui a fait la gueule jusqu'à ce qu'il lui promette de le lui remplacer dès son retour en France.

Résultat : Robert, penaud, a supplié Lola de lui faire bénéficier du meilleur tarif pour un Galaxy dernière génération afin de remplacer le noyé, poussé lâchement dans la piscine, et ce, sans espoir de réconciliation en vue pour les filles.

Lola a soupiré et demandé à Robert de ne plus intervenir.

Marguerite, touchée par la profonde tristesse de Chloé, a pris parti pour elle et pour Anaïs. Bien sûr, Chloé n'a pas osé leur donner le véritable motif de la dispute. Le cœur d'artichaut, sensible, gentil et vulnérable est devenu le punching-ball de Zoé, Jenifer et Lola. Voilà pour la version officielle. De parfaites égoïstes dans leur petite vie bien bourgeoise qui se fichent des problèmes des autres. Pour Anaïs et Marguerite, les pleurs de Chloé sont liés au dérèglement hormonal, mais aussi à la méchanceté gratuite des filles, surtout de Zoé. C'est ce qu'Éléonore leur a raconté la veille, car Marguerite confie tout à Éléonore, qui prend son rôle de messagère très au sérieux. Il paraît même qu'Anaïs reproche à Lola d'avoir la « mainmise » sur Noé.

Lola en a d'autant plus le cœur meurtri.

Il aurait été pourtant simple de rétablir la vérité et de faire passer le message via Éléonore et Marguerite. Mais Zoé, Jenifer et Lola s'y refusent. Hors de question de dire la vérité sur Chloé.

— Elle doit prendre ses responsabilités ! s'est exclamée Zoé.

— Mais apparemment, elle ne les prend pas ! a répondu Jenifer. Elle passe pour la victime !

— Qu'elle se démerde avec sa propre conscience ! a conclu Lola. Son amitié avec Anaïs n'est maintenant basée que sur des mensonges !

Il apparaîtrait, selon une dernière confidence d'Éléonore, qu'Anaïs a failli s'électrocuter avec un *sex toy* branché sur le secteur qu'elle a testé pendant sa dispute avec Robert. Ils sont beaucoup plus puissants que ceux à piles et arrivent à contenter la demande exponentielle d'Anaïs. Mais elle a oublié que sous la douche, on prend de gros risques ! Les filles ont eu peur, elles ont imaginé Anaïs en toast cramé et ont fait le lien direct avec Claude François. C'est à ce moment-là qu'elles ont vraiment commencé à s'inquiéter pour Anaïs. Mais que faire ? Elle ne veut plus entendre parler ni de Zoé ni de Jenifer, et encore moins de Lola.

Comment en sommes-nous arrivées là ? se demande Lola, le cœur gros. *On a survécu à de grosses disputes ! On a même survécu à des vacances entre amies avec leurs familles !*

Lola se remémore leur amitié profondément ancrée dans leur enfance et leurs chamailleries.

Anaïs, il y a un bon paquet d'années, ne pouvait partir en vacances que pendant les vacances scolaires parce que « la carrière de Tom est une priorité ! » Les filles avaient compris, même si à l'époque Tom était en deuxième année de maternelle…

Zoé, lors d'un week-end dans le mas de JR et Anaïs, avait été encore plus insupportable que d'habitude. Elle venait d'arrêter de fumer. Ses amis l'avaient suppliée d'en griller une, pour enfin pouvoir passer ces deux jours tranquilles.

Se marrer comme des baleines autour d'un barbecue, c'est une chose ; se supporter une semaine entière dans une maison isolée en Corrèze, c'en est une autre ! Et pourtant, la bande a encore survécu.

Bruno, le mari de Chloé, tout le monde l'adore, sauf que pendant ces vacances en Corrèze, il s'était montré sous un autre jour. Il ne pouvait pas rester inactif plus d'un quart d'heure et ses journées commençaient à 7 heures pétantes, tout comme celles d'Emma et Victor, les enfants de Chloé, âgés d'une dizaine d'années à l'époque, hyperactifs comme leur beau-père. On va courir ? Faire du canoë ? Si on repeignait le portail ? On va visiter les châteaux ? Les vignobles ? Les fermes du coin ? Le tout ponctué par les cris stridents d'Emma et Victor déjà en train de se battre à 8 heures du matin. C'est sûr qu'avoir envie de tuer son pote et les gamins de Chloé avait été un moment douloureux, pourtant tout s'était bien fini !

Réaliser aussi que nos meilleures amies Zoé et Jenifer sont des feignasses qui se réveillent juste pour passer à table, c'est carrément désespérant quand le reste de la bande se tape les courses et les repas.

Tiens, elle était chiante à une époque, Jenifer ! se remémore Lola.

La miss avait tourné végétalienne crudivore éco-militante... Une plaie pendant ces vacances dans le Vaucluse ! Elle avait un avis sur tout, de grandes théories sur le devenir de l'humanité, l'organisation des fourmis, la reproduction des cétacés. Elle avait pleuré l'absence de toilettes sèches et avait passé son séjour à avoir la nausée rien qu'à les voir manger, boire et cuisiner. À leur retour sur Paris, Zoé l'avait menacée de la quitter si elle ne se modérait pas. Depuis, Jenifer est toujours végétarienne, mais tolérante.

Et puis, il y a les enfants. Tout le monde aime cette jolie image de ces grandes tablées avec des marmots de tous âges jouant gaiement, genre la pub Ricoré. Sauf que dans la réalité, Lola se rappelle les vacances où Emma et Victor jouaient à longueur de journée avec un sifflet de policier – un vrai – alors que Lylou avait besoin d'un silence total pour ses siestes. Lylou qui, par ailleurs, avait donné le foie gras au chien du propriétaire de la maison pendant que Tom balançait le portable de Frank dans les toilettes, parce que c'est rigolo le « Allô dans l'eau ».

On a traversé toutes les disputes pendant des années, mais nous étions toujours là pour les uns et les autres, songe Lola.

Pourquoi ces dernières disputes semblent-elles plus graves et marquent-elles un tournant dans l'amitié de tous ? L'argent ? Lola ne veut pas y croire. Chloé, qui tenait tant à ce que la bande reste soudée, a un comportement plus qu'anormal. Le caractère bien trempé de Zoé qui, avec l'âge, ne va pas en s'arrangeant ? Impossible, ils l'ont supportée pendant des années, et tous l'aiment, car sous sa carapace se cache une femme vulnérable, dévouée, fidèle et sincère en amitié. Alors, c'est l'arrivée de Noé ? Le divorce d'Anaïs et JR ? Sa boulimie de sexe ? Ils sont tous passés par des épreuves et, malgré tout, ils sont tous restés unis.

Lassitude et usure de l'amitié ? L'amitié s'use comme parfois l'amour s'émousse ?

Comment relancer la flamme entre nous toutes ? Lola n'en sait rien, elle est triste, perdue et se sent seule, terriblement seule parce que pour couronner le tout, Zoé et Jenifer se sont violemment disputées la veille au soir. Et Jenifer à son tour a décidé de changer de cabine pour sa dernière nuit à bord. Désormais, les filles sont éparpillées un peu partout sur le paquebot.

— Heureusement qu'on arrive à la fin de la croisière ! a tenté de plaisanter Zoé. Il ne doit plus y avoir de cabine disponible et, si on se dispute toutes les deux, l'une de nous va devoir finir dans un canot de sauvetage.

Après avoir enfin réuni leurs affaires, Zoé et Lola sont seules dans la grande cabine de luxe, elles attendent le mouillage du navire. Lola a décidé de prendre un vol Copenhague-Nice et Zoé de rejoindre directement Paris sans se préoccuper des autres. Lola vient de s'épancher sur sa dispute avec Anaïs qui lui brise le cœur et Zoé envisage sérieusement de se séparer de Jenifer.

— Je sais que je suis insupportable ! Elle aussi le sait ! Alors pourquoi elle ne me supporte plus ? Va comprendre !

Lola sourit, elle tente malgré tout de modérer Zoé dans sa décision de rompre.

— Sache deux trois trucs avant de mettre un terme à ta longue relation, tu risques d'en baver sévère. D'une, à chaque moment de déprime, t'auras qu'une seule envie, c'est de la rappeler. De deux, quand on vit de longues années avec la même personne, on développe trois semi-remorques de souvenirs communs, du premier baiser au : « Ah, ah, ah ! Tu te souviens de la fois où t'as eu la gastro pendant qu'on faisait l'amour ? »

— Dans un souci de vraisemblance, sache que l'exemple que tu cites n'est pas tiré d'une anecdote me concernant ! précise Zoé en souriant.

Lola éclate de rire pour la première fois depuis deux jours.

— Je veux dire par là que tu ne seras plus le cobaye gustatif de Jenifer niveau recettes végétariennes et que ton alimentation va se résumer à des trucs crus ou des commandes livrées à ta porte. Dans un cas, c'est lassant ; dans l'autre, c'est cher. Et puis il faudra te débarrasser des chansons qui ont marqué votre vie de couple, sinon ton palpitant ne s'en remettra pas. Et puis, tu sais, continue Lola, tout nous rappelle l'autre, une fois que l'histoire est finie. Un dessin, un Post-it, un canapé, un bout de parquet ou un nom de rue qui vous a fait marrer il y a longtemps. Attends-toi donc à voir surgir n'importe où, dans tes oreilles, devant tes yeux ou sous tes pieds quelque chose qui te rappellera Jenifer et la décision presque irrévocable que tu veux prendre !

Zoé scrute désormais Lola, qui rajoute :

— Alors, évite les décisions brutales, lourdes de conséquences. Prends Jenifer par la main, faites-vous des bisous, des câlins. Pense à ton bonheur, pense au sien, respire fort et dis-toi que c'est une crise de couple qui va passer. Faites-vous plaisir, regardez des *feel-good movies*, ne cogitez pas trop et surtout gardez le cap pour conserver votre amour solide pour toujours ! Une relation, c'est des disputes, de la confiance, des larmes, de la patience, de la jalousie, de la complicité et de l'amour.

— Dis-moi, Lola, la questionne Zoé, t'es en train de parler de mon couple ou de l'amitié entre les filles qui est partie en couilles à bord de la croisière des « Culs nus dans les fjords » ?

— Je ne sais pas, Zoé, certainement un peu des deux, avoue Lola.

— Rien d'autre à ajouter ?

— Non, répond Lola, confuse.

— Parfait ! Un proverbe chinois dit que lorsque l'on n'a plus rien à dire, on cite généralement un proverbe chinois.

— Et ?

— La langue bute toujours sur la dent qui fait mal.

Lola sourit.

— Tu as l'air pensive, Zoé, un truc qui te préoccupe ? demande Lola.

— Oh, rien d'important, juste un e-mail qui m'inquiète un peu…

— Quel genre d'e-mail ?

On toque à la porte, c'est Éléonore qui vient leur dire au revoir. La croisière est terminée.

Les filles quittent la cabine sans regret et rejoignent le pont supérieur avec Éléonore pour accéder aux rampes de débarquement. Il y a beaucoup de monde, peu de chances qu'elles croisent Anaïs, Chloé et Jen' dans cette foule. Lola regrette de ne pas pouvoir embrasser Jenifer.

— Alors Lolo, on est au point niveau informatique ? demande Zoé en la prenant dans ses bras.

— Oui ! confirme fièrement Éléonore. Sauf que ma tablette ne marche plus…

— Comment ça se fait ? demande Zoé.

— J'ai nettoyé l'écran hier.

— Vous l'avez nettoyé comment ? demande Lola, craignant le pire.

— J'ai pris une bombe spéciale ordinateur, qui fait de la mousse.

— Ah ? Ouf…

— Mais ça ne doit pas être de la faute de la mousse, parce qu'après, pour être sûre, je l'ai bien rincée à l'eau claire !

Zoé fait un clin d'œil à Lola.

— Il n'est jamais trop tard pour balancer quelqu'un par-dessus bord !

11.

Si l'argent ne fait pas le bonheur, rendez-le ! (Anaïs)

Chloé a complètement perdu les pédales, son mari Bruno également. La semaine qui a suivi la fin de la croisière, elle s'est rendue à la FDJ avec lui et lui a finalement annoncé la très bonne nouvelle. À partir de là, tout est allé très vite, trop vite d'ailleurs. Bruno ne touche plus terre. Il lance les idées, les projets, sa réaction est un séisme. Tous deux sont comme ivres.

Ils ont aussitôt décidé de déménager : hors de question de rester à Rambouillet et que leurs voisins découvrent leur fortune toute neuve. Ils ont donc acheté sur la rive gauche de Paris une très belle maison atelier de 480 mètres carrés sur quatre niveaux, avec verrière et grand toit-terrasse au dernier étage.

Mais il a fallu la meubler. Ils ont foncé en Italie, le royaume du design. Ils ont passé une semaine dans un palace de Milan pour sélectionner leur canapé en cuir fait sur mesure. Dans les grands hôtels, ils se déguisaient en super-riches : costard, cravate sur mesure pour Bruno, robes et bijoux de grandes marques pour Chloé. C'est par la suite qu'ils ont découvert que les très riches sont bien souvent habillés comme tout le monde.

Ils sont allés regarder les yachts à Monaco, mais hésitent entre deux modèles. Ils se sont fait plaisir avec un billard français fabriqué aux dimensions de leur nouveau salon. Ils écument les restaurants trois étoiles, passent des heures à table en goûtant des vins inoubliables.

Ils ont également rencontré d'autres grands gagnants.

Ils sont nombreux à n'avoir rien dit à personne. Chloé regrette d'ailleurs d'en avoir parlé aux filles. Elle s'est immédiatement rendu compte de leur jalousie, c'est pathologique dans ces cas-là ! Elle n'a plus de contact sauf avec Anaïs et Marguerite, ses seules amies. Enfin, les seules qui lui restent.

La moto, c'est la passion de Bruno. Avant que Chloé gagne, il roulait très vite avec une sportive. Il s'en est séparé, il a acheté trois Harley Davidson et il a ralenti l'allure. Ce serait trop con de mourir maintenant ! Ils se sont offert le modèle le plus cher chez Audi. Avec un peu de recul, ça faisait trop frimeur. Ils l'ont revendu et roulent désormais en Aston Martin, une pour chacun.

Et ils ont évidemment quitté leur travail.

Ils n'ont rien dit à leurs enfants. Victor et Emma, les enfants de Chloé, ne comprennent toujours pas ce changement de vie. Comment leur dire de continuer leurs études et devenir autonomes s'ils savent qu'un pactole les attend ?

— D'autant plus que c'est moi qui ai gagné, a un jour précisé Chloé, et je ne vois pas en quoi tes enfants seraient concernés par cet héritage.

Cette réflexion a provoqué quelques tensions dans le couple.

Autant donc ne rien dire aux gosses, ont-ils conclu.

La maison ? Une réelle opportunité à ne pas rater. Les voyages, les fringues, les bijoux, les meubles de standing et les bons restaurants ? Un petit héritage lointain. Les belles voitures ? Un leasing, ça vaut vraiment le coup ! Pourquoi on a quitté nos jobs ? On change de cap ! On se lance dans l'immobilier !

« Le problème quand on est riche, c'est de se retrouver tout seul. Quand on gagne au loto, de toute façon le rapport avec les autres change. Et ça, on ne peut rien y faire ! avait un jour expliqué Bruno. Et puis, avoir une vie privée, c'est bien ; c'est avoir une vie privée de tout qui est moins bien ! »

Ce jour-là, Chloé n'était pas bien, ses amies lui manquaient, cela faisait déjà six mois qu'elle n'avait pas parlé à Lola.

— Les riches, on les admire et on les jalouse, surtout si l'argent est le fruit du hasard et non d'un dur labeur ou d'un héritage, avait continué Bruno. La richesse semble alors moins légitime et suscite encore plus d'ambivalence ! Qu'on le veuille ou non, le gain fait souvent passer d'une relation symétrique à une relation hiérarchique. Tu as bien fait de couper les ponts avec les filles et de ne rien dire à Anaïs.

— Mais pourtant, un des plaisirs de gagner, c'est de pouvoir faire des cadeaux aux gens que l'on aime, non ? avait répondu Chloé, en pleine crise de doute.

— Mais même ça, ce n'est pas simple, avait rétorqué Bruno. Que l'on donne beaucoup ou pas, on dira que ce n'est jamais assez. Tout se passe comme si cet argent, que tu n'as pas gagné par ton travail, tu es dans l'obligation de le partager. Comme si les cadeaux que tu fais sont des dus. Non, ma chérie, pour vivre heureux, vivons cachés ! Et profitons ! Des amies, tu t'en feras d'autres !

— Et toi ? Frank et JR, tu comptes couper les ponts avec eux aussi ?

— Frank m'a téléphoné quelques jours après votre croisière, il voulait que je place une partie des gains dans la banque où il travaille, KVC. J'ai refusé. Tu vois bien que tout le monde est intéressé !

— C'est un peu normal qu'il te sollicite, c'est son job. Et qu'on place notre argent chez lui ou chez un inconnu, j'aurais préféré chez lui. Pourquoi ne m'en as-tu pas parlé ? avait questionné Chloé.

— Pour ne pas te faire de peine supplémentaire ! J'avais une preuve de plus de la convoitise de nos anciens amis.

Chloé avait soupiré.

— Ne t'inquiète pas, ma chérie ! Des amis, on va s'en refaire, et des riches ! Au bout d'un moment, on finit par renouveler son entourage ! Il faut bien vivre, alors autant vivre bien !

— Mais ce sont mes amies d'enfance ! s'était exclamée Chloé en plein questionnement. J'aurais pu leur donner un crédit confiance.

— « Crédit confiance », c'est le terme approprié ! Et tu aurais passé ton temps à leur prêter de l'argent ou à rembourser leurs prêts ! C'est ça que tu voulais, Chloé ? Parce que tôt ou tard, ç'aurait été inévitable.

Chloé s'était rendue à l'évidence : son mari avait raison. Elle se rappelait que Zoé l'avait menacée de la balancer par-dessus bord si elle continuait à pleurer après l'annonce de son gain au loto.

C'est vrai qu'avec elles, je n'aurais plus le droit d'avoir des soucis ! J'aurais beau partager, quand on est riche, on n'a plus le droit d'être triste, inquiet ou tout simplement perdu ! On est une caste à part, on n'a pas de place dans la société. Avoir de la chance au jeu, c'est une chose, mais avoir de la chance dans la vie, c'en est une autre !

***
***

— Ce qu'elle nous a balancé à travers la tronche est impardonnable !

Lola est assise sur la terrasse de sa maison avec Frank. Ils viennent de finir de dîner et profitent de la douceur des soirées de fin d'été. Cela fait quelques mois que les filles sont rentrées de leur croisière et Lola ne décolère toujours pas contre Chloé.

— Elle ne nous a même pas laissé une petite chance, elle nous a jugées d'avance ! Pour elle, nous étions déjà des pique-assiette avant même qu'elle touche le pactole ! Tu te rends compte ! Chloé ! La Chloé que je connaissais était fragile, douce, le cœur sur la main ! L'argent l'a transformée en une parfaite étrangère pour moi. L'argent pourrit tout !

— Tu ne vas pas ressasser cette histoire pendant des années ? répond gentiment Frank en lui prenant la main. Essaie de passer à autre chose.

— Autre chose ? s'exclame Lola en retirant sa main. Mais on se connaît tous depuis l'enfance et cette histoire de fric a tout fait exploser ! Je n'ai plus de nouvelles d'Anaïs qui habite à deux pas de chez moi, et je ne te parle pas de Chloé transformée en oncle Picsou. J'ai des nouvelles de Zoé et Jenifer par Éléonore. C'est génial ! Mes seuls contacts avec mes amies sont représentés par Tatie Danielle !

— Elle n'est pas sympa, Éléonore ? taquine Frank.

— Mais si, elle est sympa ! soupire Lola. C'est juste que, même si je ne suis plus très jeune, je n'ai pas encore viré troisième âge et je me vois mal aller faire du shopping avec Éléonore ! On n'irait pas dans les mêmes magasins, de toute façon. Et moi, je ne porte pas encore de gaine ni de bas de contention.

Frank sourit.

— Tu n'as qu'à appeler Anaïs…

— Tant qu'Anaïs ne connaîtra pas la vérité sur l'origine de la dispute, elle ne pourra pas passer l'éponge sur ma maladresse à propos de Noé. Je la connais par cœur ! Et comme personne ne veut rien dire, je ne veux pas me lancer toute seule, au risque de perdre Zoé et Jenifer, mes dernières amies – enfin, aux dernières nouvelles qui remontent à trois mois !

— Appelle Chloé ! lui suggère encore Frank.

— Hors de question ! Pour qu'elle me soupçonne de revenir vers elle par intérêt ? Non et non ! Et puis, c'est elle qui nous doit des excuses !

— Tu sais, tempère Frank, j'imagine que lorsqu'on réalise que l'on est le gagnant d'une telle cagnotte, c'est une sacrée charge d'adrénaline que l'on reçoit. Plein de sentiments doivent se bousculer dans sa tête. Une joie immense, de l'excitation, mais aussi de l'incrédulité. On saute de joie partout dans la maison avant de se mettre à pleurer, puis rire à nouveau. On passe d'une émotion forte à une autre, comme ça, sans vraiment parvenir à se maîtriser.

— C'est exactement ce qu'elle nous a fait ! En faisant passer ses crises pour un dérèglement hormonal ! s'exclame Lola.

— Elle devait être sacrément chamboulée !

— Oui, mais bon, elle et Bruno ont rapidement repris le dessus puisqu'il a refusé de placer leur fric dans ta banque ! lance rageusement Lola.

Frank sourit à nouveau.

— Ce n'est pas grave, ça nous arrive souvent ! En tant que banque privée, c'est notre travail de rechercher les grands comptes. Mais heureusement, KVC se porte bien. Essaie de les comprendre : 26 millions d'euros ! Ils sont paumés. C'est merveilleux et, en même temps, terriblement abstrait.

— Leur nouvelle baraque de 500 mètres carrés ne semble pas vraiment abstraite !

— Ah, ben tu vois que tu as des nouvelles !

— Par Éléonore qui le tient de Marguerite !

— Mais tu m'as dit que Marguerite n'était pas au courant que Chloé avait gagné au loto, s'étonne Frank.

— Elle n'est toujours pas au courant ! Pas plus qu'Éléonore et Anaïs ! Chloé a prétendu que c'était l'affaire du siècle à ne pas rater et elles ont tout gobé. Tu parles, l'affaire du siècle : 500 mètres carrés, Paris Rive gauche. C'est évident ! ironise Lola.

— Essaie de relativiser et mets-toi à leur place. Ça ne doit pas être facile pour eux, tu dois devenir complètement parano. Le choc est tellement fort, la somme tellement importante et irréelle que certains doivent penser que des inconnus vont tenter de kidnapper leurs enfants par exemple. Le moindre regard, la moindre réflexion d'un voisin ou d'un proche les font douter de tout.

— Mouais ! lâche Lola qui n'est pas convaincue.

— L'essentiel, c'est que cela n'affecte pas la relation de Lylou et de Tom. C'est le plus important. Tom n'a pris parti ni pour sa mère ni pour toi, et c'est très bien de la part de ce jeune homme. La seule chose que je regrette, c'est qu'Anaïs ne sache pas la vérité ! confie Frank. Je n'aimerais pas qu'elle vous en veuille encore plus de ne lui avoir rien dévoilé. Ce sont des mois d'amitié déjà perdus, ne les transformez pas en années. Ce serait dommage pour toi, Anaïs, nos enfants et Noé. Ne l'oublie pas, Lola ! Quant à Chloé, elle reviendra bien sur Terre un jour !

Malgré son ressentiment, Lola acquiesce.

— Tu me promets de réfléchir, pour Anaïs ? insiste Frank.

— Je vais y penser.

— Allons nous coucher, maintenant. Il se fait tard et tu frissonnes.

— Oui, d'autant plus qu'on récupère Lylou et Noé demain. JR est un super pote. Cela nous a permis de passer une soirée tranquille en tête à tête, sourit Lola.

— La sienne a dû être moins tranquille, entre Tom, P'tit Loup et Lylou ! Quoiqu'on sera bientôt vraiment tranquilles pendant deux longs mois ! précise Frank.

— Oui, sourit Lola, leur projet de fouilles archéologiques… Heureusement que je pourrai prendre des vacances pour m'occuper de Noé !

12.

Bientôt la rentrée des classes pour beaucoup d'entre vous. Mais moi, la seule rentrée que j'aime, c'est la rentrée d'argent. (Zoé)

Robert a démissionné de la société, Lola l'a appris quand il lui a annoncé qu'il avait de grands projets avec Anaïs. Lola s'en est aussitôt inquiétée. *Quelle est cette nouvelle lubie ? Quels sont ces fameux projets ?* Un projet professionnel nécessite un investissement financier. Or, Robert ne semblait pas rouler sur l'or et ne parlons pas d'Anaïs qui avait plus que jamais du mal à joindre les deux bouts.

Lola a su le fin mot de l'histoire de Robert et d'Anaïs grâce à Éléonore, la pipelette.

Éléonore l'appelle régulièrement. Marguerite et elle apprécient ce petit jeu de potins. Ça doit les changer des habitudes de vieilles dames. C'est quand même plus amusant de relater la vie sexuelle d'Anaïs que de faire un Scrabble ou un bingo. Être le centre de la pêche aux informations les valorise. Autant même prendre des notes pour ne rien oublier de relater aux unes ou aux autres. Aussi, Lola écoute attentivement les rapports détaillés de mamie Éléonore.

En tant que « sexploratrice », il était hors de question pour Anaïs de rater la dernière marche du podium. Elle voulait rivaliser au plus haut niveau avec les anciennes conquêtes de Rob. Elle a passé ces derniers mois à observer et utiliser l'appareil génital humain sous toutes ses formes. Elle voulait la médaille d'or des exploits sexuels. Robert devait absolument connaître des orgasmes « hymalayesques » et « niagaresques ».

Désormais, Anaïs s'y connaît en massage thaïlandais, en brouette japonaise, en pipe française, en feuille de rose belge, en insultes et mots pervers italiens. C'est une experte en supplice chinois, en samba botte brésilienne, en cravate russe, en corset corse, en bain turc, en douche australienne, en trucs grecs et en sens interdit arabique. Elle a aussi expérimenté toutes les positions acrobatiques du Kâmasûtra et elle a bien l'intention de faire connaître son *know how*.

Sauf qu'un soir, Robert, pris par ses nouveaux projets, s'est endormi en pleine partie de « Papa-Maman ». Niveau soufflé qui retombe à la vitesse de la lumière, Anaïs n'avait pas connu mieux.

Elle avait pourtant espéré une soirée torride comme les acteurs de Hollywood, avec un drap judicieusement posé sur la taille, le brushing et le maquillage en place, avec une unique goutte de sueur qui se fraye un chemin bien défini vers son popotin joliment rebondi.

Oui, mais Robert a décidé de se lancer dans l'élevage de vers à soie. Monsieur veut créer une nouvelle route de la soie entre l'Asie, l'Europe et les Amériques.

— Des vers à soie ?

— Exactement ! a fièrement confirmé Éléonore, ravie de son scoop.

Elle en a profité pour demander à Lola ce que veut dire : « Cliquez sur poste de travail ».

Apparemment, Éléonore a encore un peu de mal avec l'informatique.

Quant à la nouvelle route de la soie de Robert, elle démarre apparemment d'un carton de la salle de bains d'Anaïs, dans lequel, pris en otages, trois vers à soie perplexes doivent certainement espérer une intervention rapide du GIPN.

Anaïs se fiche des projets titanesques de la soie, pourvu que mini-Rob se concentre sur elle. Alors, pour se faire pardonner sa faiblesse nocturne, Robert lui a fait passer, d'après Marguerite qui le tenait des confidences d'Anaïs à Chloé, une nuit sexuellement mémorable, ce qui a valu une fracture de mini-Rob.

— Son pénis a été fracturé ? Je ne savais pas qu'un pénis pouvait avoir une fracture…

Lola a éclaté de rire en imaginant mini-Rob dans le plâtre.

— Anaïs s'en est moins amusée ! a rétorqué Éléonore. Quelques semaines d'abstinence ont été nécessaires pour une complète cicatrisation.

— Eh bien ! J'espère qu'elle s'est calmée.

— Attendez, ce n'est pas fini ! Il y a quelques semaines, Chloé l'a eue au téléphone, elle était à l'hôpital d'Ajaccio…

— L'hôpital d'Ajaccio ? Mais qu'est-ce qu'elle a été foutre dans un hosto ? Et à Ajaccio, en plus ?

— Eh bien, quand mini-Rob a pu reprendre du service, Robert l'a plaquée contre un mur, mais un peu trop fort. Une commotion cérébrale a été diagnostiquée. Anaïs a passé huit jours hospitalisée.

— Ils sont dingues ! Elle va mieux ? Mais pourquoi Ajaccio ?

— Attendez, Lola, ce n'est toujours pas fini ! Pour se faire pardonner une fois encore, Robert lui a offert un week-end en Corse, apparemment tous frais payés par le livret A d'Anaïs. Parce que Robert est corse aussi ! a ironisé Éléonore. Il paraît même qu'il fait partie du FLNC. En route pour le bateau, destination la Corse, ils sont pris d'une envie pressante. Ils s'arrêtent sur un chemin de randonnée et passent à l'action en plein milieu d'un champ. Tout se passe bien, Anaïs est en train de réaliser un nouveau fantasme – que la décence m'empêche de vous raconter – quand elle se rend compte que son corps la démange énormément, surtout ses fesses.

— Ses fesses, encore une fois ! soupire Lola.

— En fait, elle n'a pas trouvé mieux que de s'allonger sur une fourmilière. Nouvelle crise d'allergie, pas de sexe et impossible de s'asseoir sur une chaise pendant trois jours.

Lola commence à être désespérée pour son amie.

— Quelques jours plus tard, ils arrivent finalement près de l'embarcadère de Toulon, redirection la Corse ! Comme ils sont en avance, ils décident de le faire dans la voiture. Ils commencent dignement à l'avant puis décident de continuer sur la banquette arrière. La voiture est dans une côte, le frein à main lâche… Ils ont fini dans un arbre, la voiture cassée et pas d'orgasme pour Anaïs ! ajoute Éléonore, très fière de révéler ces détails croustillants. Et finalement arrivés à Ajaccio, ils décident de prendre un bain de minuit et d'en profiter. Le seul problème, c'est qu'ils ont atterri au milieu d'un banc de méduses. Toujours allergique, Anaïs a vraiment failli y rester, pour le coup !

Alors, d'après Chloé, Anaïs a commencé à sérieusement se poser des questions. Il faut dire que depuis sa rencontre avec Robert, non seulement elle a affaire à des personnalités multiples, mais aussi à de nombreux accidents. La superbe brune, bien conservée, est désormais sacrément cabossée de partout. Un peu comme une rutilante berline entre les mains d'un jeune conducteur…

— Et j'imagine que le commerce de vers à soie ne marche pas très bien et qu'il faut reconnaître que Robert le Corse-aventurier-mytho-radin est un vrai pique-assiette !

— C'est tout à fait ça, Lola ! Aux dernières nouvelles, ils ne sont plus ensemble, ils sont même très fâchés. Lors de la rupture, Anaïs, furieuse, a voulu garder mini-Rob en souvenir.

— En souvenir ? répète Lola, perplexe.

— Oui, la police est intervenue au moment où Robert allait perdre sa virilité.

Lola se rappelle alors les très beaux couteaux à viande bien rangés dans la cuisine d'Anaïs.

— Et ? panique Lola.

— Le juge en charge de l'affaire a vite compris qu'il y avait un souci. Aussi, les seules fois où Anaïs et Robert se croisent, c'est dans la salle d'attente du psychiatre, qu'ils ont désormais en commun.

*
**

Anaïs a vraiment pété une durite, se dit Lola. La conversation a été longue avec Éléonore qui, avant de finalement raccrocher, lui a encore demandé deux, trois renseignements à propos de son imprimante. Ce qui a rallongé la conversation d'au moins quinze minutes. Lola souhaitait avoir aussi des nouvelles de Zoé et Jenifer, mais elle a dû écourter la conversation, Noé venait de se réveiller de sa sieste, elle l'entendait gazouiller via le *babyphone*. Et P'tit Loup ne peut compter que sur elle. Frank est à une partie de golf et la nounou a jeté l'éponge pendant la croisière de Lola. « Trop de travail », a-t-elle dit à Frank avant de claquer la porte.

Il est vrai qu'en l'absence de Lola, Frank et Lylou se sont un peu lâchés sur les travaux ménagers. Ils le lui ont avoué quelques jours après son retour, après que Lola s'est étonnée de l'absence de la nounou. Elle a tout de suite compris que cette pauvre femme s'était chargée de P'tit Loup, mais aussi de faire les lits, de préparer les repas, de faire le ménage, de laver le linge, et bien d'autres activités ménagères pour lesquelles elle n'avait pas été embauchée.

Elle ne peut évidemment pas compter sur Anaïs qui, depuis leur retour de croisière, va plus régulièrement qu'avant, il faut le reconnaître, voir son petit-fils, mais uniquement chez JR, avec qui elle entretient des rapports tendus, mais corrects devant les enfants.

Quant à Tom et Lylou, ils sont partis depuis longtemps pour deux mois de fouilles archéologiques en Roumanie en tant que bénévoles. Au menu : excavation de vestiges, nettoyage minutieux des poteries découvertes, identification des objets par époque. Aux dernières nouvelles, ils étaient en pleine culture romaine.

L'absence de Lylou pèse beaucoup sur le moral de Lola, non pas parce qu'elle doit s'occuper seule de Noé, mais surtout parce que l'absence de sa fille marque encore plus la profonde solitude de Lola.

— Vous devez être si fière de votre fille ! lui avait annoncé une personne encadrant la mission à l'aéroport.

— Oh oui ! Je suis fière et heureuse pour elle ! avait répondu Lola d'une voix claire, la tête haute, mais la boule au ventre.

Bien sûr, tout le temps des préparatifs, Lola avait été nickel : les papiers d'identité à jour, les valises pré-pesées, le Doliprane ; même le taux d'humidité en Roumanie avait été relevé. En roulant vers l'aéroport, elle avait été à peine moins volubile qu'avant, ne serait-ce que pour soutenir le moral de Frank qui venait de réaliser que c'était long, soixante dodos loin de son bébé. Lola s'empêchait de pleurer parce que Lylou, accompagnée de Tom, allait vivre une belle aventure. Il y avait eu les embrassades, au portique de sécurité, la joie de Lylou et Tom, leur impatience, leur promesse de « skyper » tout le temps.

C'est en rentrant dans la voiture que le « mal de mère » avait pris Lola aux tripes. Le creux dans le ventre, tout à coup, le souffle court, la vue qui se brouille. Après leur avoir fait un mini-Moi, voilà que Lylou ouvrait pour la première fois ses ailes. *Tourner des pages de la vie, d'accord, mais pourquoi personne ne m'avait prévenue que certaines me déchirent au passage ?* s'était demandé Lola.

Le soir même, Frank avait été rassurant :

— Ça ne durera pas et, même de loin, le bonheur de Lylou nous contaminera. Et arrête de fourrer ton nez dans ses pulls ! Les enfants finissent toujours par revenir. Et tu verras, ce trajet-là à l'aéroport te guérira.

Frank avait raison : Lylou rentre dans dix jours et Lola piaffe d'impatience et de bonheur de la retrouver.

— Il faut absolument que j'appelle Zoé et Jenifer, et ce dès demain ! se promet Lola en prenant Noé dans ses bras. Leur silence est inquiétant.

13.

Protégeons la couche d'ozone et exterminons tous les trous du cul.
(Jenifer)

« Ton dîner est délicieux, Lola ! »
JR et Samantha sont les invités de dernière minute de Lola et Frank. Ils sont attablés dans la salle à manger et Lola a mis les petits plats dans les grands.

Cela fait bien longtemps qu'elle n'a pas vu JR. *C'est vraiment le prototype du mec bien sous tous rapports*, songe-t-elle en lui resservant de ce délicieux risotto. *Il est drôle, intelligent, cultivé et, après une longue période de dépression suite à son divorce, il va mieux, beaucoup mieux. Dommage qu'Anaïs ne lui ait jamais pardonné son infidélité. Quoi qu'il en soit, c'est un peu tard pour recoller les morceaux entre eux*, constate Lola en regardant les deux amoureux s'envoyer des regards pleins d'étoiles.

Frank l'a appelée le matin même du bureau. Il venait d'avoir JR qui lui avait avoué être en couple avec une jeune femme depuis quelques semaines, mais qu'il n'osait pas le faire savoir, connaissant l'amitié profonde entre son ex et Lola. Frank lui avait brièvement relaté les tensions entre les filles et avait sauté sur l'occasion pour l'inviter à dîner.

— Ça fera le plus grand bien à Lola de voir du monde ! avait-il fini par le convaincre.

Et c'est vrai ! Lola semble retrouver sa joie de vivre au contact de JR et de sa nouvelle amie, Samantha, de vingt ans sa cadette, qui est non seulement très jolie, mais aussi adorable, prévenante et pleine d'amour pour lui.

Personne ne va s'embarrasser de leur différence d'âge. JR rayonne de bonheur et ne cesse d'embrasser la main de Samantha qui semble apprécier la compagnie de Frank et Lola.

— J'avais peur de vos réticences quant à notre différence d'âge et surtout à cause de votre amitié avec la maman de Tom !

— Pas d'inquiétude ! confirme Frank en proposant du cognac à ses convives.

— Ça ne change rien à mon amitié avec Anaïs. Je suis heureuse pour JR, qui est aussi mon ami, et c'est la seule chose qui compte pour moi ! ajoute Lola en souriant.

— Où est notre P'tit Loup ? demande JR. Je voudrais lui faire un câlin.

Lola le regarde d'un air faussement sévère.

— J'ai eu un mal de chien à l'endormir ! Alors, si tu veux le réveiller, vas-y, mais sache que tu devras le laisser dans le même état que tu l'as trouvé ! C'est-à-dire profondément endormi ! Quitte à passer la nuit à le bercer !

— Houlà ! Hors de question que je prenne le risque ! J'ai déjà testé ! répond JR en rigolant.

— Quand rentrent les enfants ?

— Dans neuf jours, Samantha ! lance Lola qui débarrasse les plats.

— Ma femme compte les jours ! précise Frank, taquin.

— On ne se moque pas ! rétorque Lola en revenant de la cuisine.

Son téléphone portable se met à vibrer sur la table du salon. Elle l'attrape par curiosité tout en étant bien décidée à ne pas répondre – ils ont des invités.

Mais le prénom de Jen' s'affiche sur l'écran. Avec ce dîner improvisé au dernier moment, Lola a oublié de l'appeler comme elle se l'était promis la veille et cela fait si longtemps qu'elle n'a pas de nouvelles. Elle décroche aussitôt.

— Lola, c'est moi, je suis à Nice, je peux venir chez toi ?

La voix de Jenifer semble sortir d'outre-tombe.

— Tu es à Nice ?

— Oui, je t'expliquerai… Je sais qu'il est un peu tard… mais je peux venir ?

Lola sent qu'il y a un problème.

— Mais bien sûr, Jen', tu vas même dormir à la maison ! Tu ne nous déranges pas ! En plus, je suis en vacances ! JR est là, il sera heureux de te revoir ! Veux-tu qu'on vienne te chercher ?

— Je suis déjà dans le taxi en direction de chez toi, répond Jenifer qui lâche un petit rire peu convaincant. Je suis là dans dix minutes.

*

Frank et JR se sont éclipsés peu après l'arrivée de Jenifer. Ils sont en train de fumer un cigare sur la terrasse en finissant leur cognac.

Lola, Jen' et Samantha sont confortablement installées dans le canapé. Jen' est bouleversée. Zoé et elle se sont séparées la veille après plusieurs mois de disputes et conflits.

Ne sachant où aller, Zoé l'ayant carrément fichue à la porte, elle a pris le premier avion pour Nice, direction Lola, son kit de survie.

Avec le temps, Jenifer supportait de moins en moins le tempérament incisif, autoritaire de Zoé. Et avec l'âge, le mauvais caractère de Zoé se faisait plus flagrant. Lola l'a bien constaté lors de la croisière, cela ne la dérangeait pas outre mesure, mais elle devait se rendre à l'évidence : subir ses sautes d'humeur au quotidien ne devait pas être chose facile pour Jenifer.

Apparemment, depuis la fin de la croisière, Zoé sautait sur toutes les occasions pour rabrouer Jenifer. Elle lui en avait d'abord longtemps voulu que Jenifer l'invite à « fermer sa grande gueule » après le clash avec Chloé. Elle lui en avait voulu que Jenifer change de cabine. « Des frais supplémentaires pour des gamineries ! », a-t-elle balancé à Jenifer à leur retour sur Paris.

Les semaines suivantes, Zoé a sorti l'artillerie lourde, c'est-à-dire tout ce qu'un couple de longue durée peut se balancer dans la tronche en pleine crise.

Et il y a souvent un paquet de rancœurs.

Elle a reproché à Jen' de ne pas avoir d'enfant. Lola se rappelle que le couple avait abordé le sujet il y a quelques années. FIV ou adoption ? Et c'était Zoé qui avait pris la décision de ne pas en avoir, se remémore Lola. Et désormais, elle le reproche à Jen' ?

— Maintenant que c'est trop tard ? Maintenant qu'on n'a plus l'âge ?

Jenifer verse une larme, Samantha lui tend son paquet de mouchoirs.

— Désolée pour l'introduction en fanfare ! s'excuse Jenifer avec un pauvre sourire. D'habitude, je suis plus gaie.

— Ne vous formalisez pas ! rassure Samantha. Nos vies sont loin d'être faciles !

Jenifer et Lola acquiescent en silence.

Enfin, dernièrement, Zoé a fait largement remarquer à Jenifer qu'elle l'indisposait.

— Elle ne supportait plus que je mette mes pieds froids contre elle, avant elle adorait ça ! Elle se moquait que je coupe en dix-huit une part de gâteau au chocolat... Je suis ronde, vous comprenez ? se justifie Jen' auprès de Samantha. Je ne peux plus me limer les ongles devant la télé, ça l'énerve. Tout cela paraît anodin, mais cela prouve qu'elle ne m'aime plus. Et je ne vous parle même pas des disputes violentes, et surtout celle d'hier...

— C'est-à-dire ? demande Lola.

— J'ai fait une connerie, avoue Jenifer. Je n'en pouvais plus qu'elle me rabaisse en permanence. On a un ami commun, presque un collègue de travail pour moi, il est photographe de presse, genre reporter. Dans un moment de faiblesse, j'ai couché avec lui... Je ne sais pas comment elle l'a su, mais sa colère a été terrible et elle m'a fichue dehors.

Samantha et Lola se regardent, ne sachant quoi répondre.

— Ouais, ben là, c'est un peu beaucoup la merde, ose Lola. Zoé ne te pardonnera jamais, ça, c'est sûr. Je la connais et...

— Non ! Tu ne la connais pas ! rétorque brutalement Jenifer, ce qui fait sursauter les filles.

De la terrasse, Frank et JR regardent l'intérieur du salon, surpris par l'éclat de voix.

— On peut rentrer ? les questionne Frank par la baie vitrée. On commence à se les geler dehors.

Jenifer réalise alors qu'elle prend beaucoup de place.

— Rentrez ! Désolée, je ne veux pas déranger !

— Mais tu ne nous déranges pas ! insiste Frank. Mais dehors, en plein mois de décembre, ce n'est pas le top !

— De toute façon, je n'ai rien à cacher ! précise Jenifer. Vous pouvez rester avec nous.

Les hommes s'installent à leur tour dans le canapé.

— Vas-y, continue, Jen', l'invite Lola.

— Ces dernières semaines, Zoé s'est rapprochée d'Éléonore.

— C'est pas étonnant, sourit Lola, rassurée. Déjà, lors de la croisière, elles étaient cul et chemise niveau mauvais caractère.

— Qui se ressemble s'assemble ! plaisante Samantha.

— Elles vont se mettre en couple ? rigole Frank.

— Mais non…, soupire Jenifer.

— C'est bizarre, relève Lola, la dernière fois que j'ai eu Éléonore, elle ne m'a même pas donné spontanément des nouvelles de Zoé et toi.

— Peut-être qu'elle ne souhaite pas t'en donner ! répond Jenifer.

— Mais pourquoi ? demande Lola, très étonnée.

— Parce que Zoé tente de se rapprocher de Chloé ! Et qu'elle utilise Éléonore et Marguerite pour arriver à ses fins.

Lola est stupéfaite.

— Se rapprocher de Chloé ? Mais c'est elle qui était en tête de ligne pour lui reprocher ses mensonges et son attitude vis-à-vis d'Anaïs…

— Je sais, confirme Jenifer. Mais je crois maintenant avoir compris son petit manège…

— Explique ! ordonne presque Lola.

— Zoé a depuis longtemps le projet d'ouvrir sa propre franchise de magasins de bijoux. Mais elle n'a jamais eu assez d'argent pour le faire. Car il en faut beaucoup ! Quand elle a appris que Chloé avait gagné au loto, elle a vite réfléchi…

— T'es en train de me dire que Zoé a organisé ce clash entre nous pour se faire la part belle ? Genre, diviser pour mieux régner ? Genre, récolter un peu de fric au passage ?

Jenifer hésite.

— Je pense qu'elle n'avait pas d'arrière-pensée lors de la dispute. Mais dès notre retour sur Paris, elle a radicalement changé ! Son unique objectif, c'est l'argent de Chloé !

— Désolée, mais je ne peux pas te croire, Jen' ! affirme Lola.

— Je comprends ta perplexité, Lola. Plus le coup est bas, plus on tombe de haut ! Explique-moi alors pourquoi Éléonore ne te donne pas de nouvelles de Zoé ? Et pourquoi Zoé ne t'appelle même plus ?

Lola répond avec hésitation :

— Parce qu'Éléonore n'y a pas pensé ! Et parce que Zoé était trop occupée avec vos problèmes !

— De quoi t'a parlé Éléonore la dernière fois ?

— Ben, elle m'a parlé des déboires d'Anaïs avec Ro… (Elle ne va pas au bout de sa phrase, se rappelant la présence de JR) Elle m'a longuement parlé d'Anaïs.

— Dans les moindres détails ? C'est bien ça ? À en avoir même du mal à raccrocher ?

Lola acquiesce.

— Et pas un mot sur Zoé ni sur moi ? Tu ne trouves pas ça bizarre ?

— Euh, non, pas vraiment, répond Lola, hésitante.

— Et rappelle-toi l'étrange réaction de Zoé quand elle a appris que Chloé avait gagné au loto. Elle était tellement secouée qu'elle a avalé le minibar de notre cabine. Ce n'est pas étrange non plus ? Et sa réflexion : *On va pouvoir faire plein de choses !*

Lola ne sait plus quoi répondre et cherche tous les arguments possibles.

— Mais dans tous les cas, Chloé refusera une quelconque réconciliation ! Elle lui en veut terriblement !

Jenifer se met à rire.

— Chloé ? Mais en deux minutes chrono, Zoé va lui retourner le cerveau ! N'oublie pas que c'est le cœur d'artichaut de la bande ! Et

Anaïs va suivre, car dans le fond, elle t'en veut plus à toi pour Noé qu'à Zoé d'avoir malmené Chloé.

Lola encaisse. Mais concernant Zoé, elle ne peut pas y croire.

— C'est pas possible, Jen' ! C'est pas possible ! C'est tout simplement impensable ! Zoé n'est pas vénale !

— Je suis désolée, Lola, mais c'est la stricte vérité, insiste doucement Jenifer. Je ne crois pas qu'elle pensait à mal sur le moment, elle ne voyait en Chloé qu'un investisseur dans son projet.

Lola explose alors brutalement :

— *Pensait à mal !* répète Lola en s'étouffant. Chacun manigance ses trucs dans son coin et la seule qui reste sur le bas-côté, c'est moi ! C'est ça ? Des amitiés d'enfance qui partent en couille à cause de ce foutu pognon ! Je suis dégoûtée ! Tiens, ça me flanque même la nausée ! Après Chloé, maintenant Zoé qui est atteinte du syndrome « Il m'en faut plein les fouilles ! » Quitte à faire exploser notre amitié à toutes ! Elle n'en a que faire, de cette amitié ! Elle se fiche royalement de ce que nous pensons, y en a que pour sa gueule, et c'est pareil pour Chloé ! Mais je ne vais pas laisser passer ça ! Je te le promets, Jenifer !

Lola est ulcérée.

Frank essaie de la réconforter comme il peut, sans succès.

— Attendez ! intervient JR. J'ai raté un épisode ou quoi ?

— Quoi ? riposte violemment Lola sur le coup de la colère.

— Frank m'a relaté la dispute entre Anaïs et Lola à propos de Noé. Mais c'est quoi, cette histoire de pognon ?

— Chloé a gagné au loto et ne l'a pas dit à Anaïs, soupire Frank.

— Et Zoé veut faire du shopping sans Anaïs, c'est ça ? les taquine JR.

— Elle a gagné 26 millions d'euros, lâche Frank.

Les yeux de JR s'écarquillent.

— 26 millions d'euros ! répète-t-il, ébahi. 26 millions d'euros !

— Oui, 26 millions, c'est ça, ajoute Jenifer, prête à exploser de rire devant la tête de JR.

— Putain, faut absolument que j'invite Bruno à dîner !

— T'emballe pas, répond Frank en rigolant. Il a coupé les ponts avec moi, je pense qu'il fera la même chose avec toi.

— Et merde ! lâche JR en souriant. Quand même, 26 millions, ça fait tout drôle ! Qu'est-ce qu'on pourrait faire avec 26 millions ? demande-t-il.

— Arrête, JR ! gronde Lola. On croirait voir Zoé lorsqu'elle a appris la nouvelle !

— Putain, 26 millions !

— JR, ferme ta bouche ou je t'explose !

14.

Peut-on vraiment affirmer qu'une larme de tristesse et une larme de bonheur se ressemblent comme deux gouttes d'eau ? (Chloé)

Anaïs avait vraiment le moral dans les chaussettes. Chloé l'a donc invitée un week-end à Paris. Elle est restée bouche bée dès son arrivée dans la luxueuse maison de Chloé et Bruno située en plein Paris.

— Mais vous avez gagné au loto ou quoi ? s'est-elle exclamée devant une Chloé qui avait déjà préparé son discours : marre de Rambouillet, lointain héritage, affaire à ne pas rater. Ta voiture aussi, c'est un lointain héritage ? a ironisé Anaïs en pénétrant dans la flamboyante Aston Martin.

Chloé a acquiescé puis rapidement changé de sujet.

— Je t'emmène déjeuner au sommet de la tour Montparnasse. Tu verras Paris en grand écran, un magnifique panorama ! Et un chef étoilé !

— Eh bien ! a conclu Anaïs. J'aimerais avoir moi aussi un lointain héritage, ça me permettrait de te rembourser les 5 000 euros que je te dois ! a-t-elle ajouté avec regret.

— Laisse tomber les 5 000 euros ! Profite de ton week-end ! Tu en as bien besoin.

Effectivement, Anaïs n'est pas au top de sa forme. Après sa rupture douloureuse avec Robert, ses séances avec le psychiatre ordonnées par le juge l'ont un peu recadrée psychologiquement. Elle a réalisé que son addiction au sexe n'était que la conséquence de l'échec de sa relation de couple avec JR. Une fois qu'elle a pu mettre des mots sur cette souffrance, d'après le psychiatre, elle s'en est guérie. Elle était complètement sevrée de sexe. Elle voulait tourner la page. Recommencer sa petite vie de prof de lycée et continuer à faire du téléphone rose pour arrondir ses fins de mois. Mais son sevrage a eu des répercussions sur cette dernière activité : elle était nettement moins motivée lors de ses conversations « chaudes ». Elle perdait tous les jours des clients. Mais ce n'était rien à côté de ce qu'elle était en train de vivre. Elle avait appris que JR était de nouveau en couple avec une très jolie femme bien plus jeune qu'elle. Elle l'a rencontrée une fois ou deux lorsqu'elle allait chez JR voir Tom et Noé. Même si tout est bien fini avec JR, ça lui a quand même fichu un coup au moral. Mais le pire, ce sont les photos que Robert a diffusées sur le Net.

— Dans la série « on vit une époque formidable », le site Monex.com se pose là, comme une fleur ! déclare Anaïs en savourant un délicieux homard au corail d'oursin.

— De quoi s'agit-il ? demande Chloé en dégustant ses médaillons de lotte.

— Oh, trois fois rien ! Juste un site de « *revenge porn* ».

— *Revenge porn* ?

— Oui, c'est cela ! La revanche par le porno ! Et je t'assure que c'est tout un programme ! En déroulant le curseur, on voit défiler des centaines de photos de femmes en petite culotte… dont moi, et toutes ont été postées par leur ex !

— Robert a posté des photos de ton intimité sur Internet ! s'insurge Chloé, choquée.

— Bah oui, soupire Anaïs, nos meilleures photos de youpla boum ! Et crois-moi, vu le rythme que je tenais à l'époque, y en a un paquet !

— Mais franchement, qu'est-ce qui peut se passer dans la tête d'un homme pour qu'il publie sur le Net les photos dénudées de la femme qu'il a aimée et pour livrer en pâture à tous leur intimité passée ?

Anaïs hausse les épaules d'un air impuissant.

— La douleur peut-être, la débilité aussi ! Robert a très mal vécu notre rupture et n'a pas supporté que je le quitte !

— C'est pourtant la meilleure chose que tu aies faite ! répond Chloé. Je n'aimais pas ce type. Il a un gros problème d'ego à régler.

Anaïs opine du chef en sauçant son homard avec du pain.

— Je sais que ça ne se fait pas dans les grands restaurants, mais cette sauce est délicieuse, se justifie-t-elle.

— Mais qu'est-ce que tu vas faire ?

— Il faudrait que je porte plainte, mais je dois prendre un avocat, et même avec un avocat commis d'office, il y a des frais, et je n'ai pas les moyens…

— Ne t'inquiète pas pour les frais ! Je m'occupe de ton avocat et on va se charger de lui réclamer des dommages et intérêts !

— Des dommages et intérêts ? Mais Robert n'a pas d'argent, encore moins depuis qu'il a quitté la boîte où bosse Lola. Non, je veux juste qu'il retire les photos de ce site !

— On va s'en charger ! annonce solennellement Chloé.

— C'est vrai ? demande Anaïs qui reprend quelque peu espoir, tout en restant profondément gênée. Tu sais que ça non plus, je ne pourrai pas te le rembourser ?

— Qu'importe ! J'ai cet héritage, autant t'en faire profiter !

— Oui, mais bon, ce n'est pas un puits sans fond, cet héritage, répond Anaïs.

Si tu savais, songe Chloé, qui change aussitôt de conversation.

— Maintenant, tu réfléchiras à deux fois avant de te lancer dans un remake filmé de *Neuf semaines et demie* ! Sans compter qu'à se trémousser en nuisette devant la porte ouverte du frigo, on risque d'attraper froid. Mieux vaut éviter de la jouer bande démo à quatre pattes sur la table du salon devant un mec qu'on connaît à peine, et son smartphone encore moins !

Anaïs sourit à la tirade de Chloé.

— Et JR ? continue prudemment Chloé.

— JR ? Bah, rien. Comme tu le sais, il est en train de refaire sa vie, répond Anaïs. Elle est jolie et il semble heureux.

— Alors, c'est définitivement terminé ? la questionne Chloé.

— Absolument, confirme Anaïs. On prend un café ?

Chloé acquiesce machinalement.

Elle a voulu cacher son gain au loto à Anaïs afin qu'elle se remette avec JR. Mauvais calcul, il a fallu qu'une nouvelle nana se pointe dans l'horizon de JR pour tout faire capoter et clore définitivement le dossier JR-Anaïs.

Chloé s'est alors retrouvée dans une impasse : révéler enfin son mensonge à Anaïs ? Pour sûr, celle-ci lui en voudrait et il est hors de question de prendre le risque de perdre sa dernière amie. Alors, Chloé a décidé de se taire et d'aider Anaïs tant qu'elle le pouvait en lui cachant la véritable origine de sa fortune. Elle vient juste de bénéficier d'un héritage d'une tante lointaine. C'est mieux ainsi. Même mensonge pour Anaïs que pour ses enfants.

Elle a songé à Zoé, Jenifer et Lola qui, depuis la fin de la croisière, n'ont pas lâché le morceau. Autant continuer sur cette lancée, sauf que…

— Zoé m'a contactée la semaine dernière.

Anaïs semble étonnée.

— Zoé ?

— Oui, Zoé, elle m'a téléphoné pour s'excuser de son comportement à bord, on doit déjeuner ensemble lundi.

— Zoé, s'excuser ? Ce n'est pas son genre ! s'étonne Anaïs.

— Effectivement, confirme Chloé. Je ne comprends pas sa démarche. C'est bien la première fois qu'elle fait le premier pas.

Anaïs sent Chloé inquiète.

— Qu'est-ce que ça peut faire ? Si elle s'excuse, c'est le principal ! Et c'est tout à son honneur !

Chloé n'a pas d'autre choix que de donner raison à Anaïs, tout en s'interrogeant sur la véritable motivation de Zoé. Elle sait que Chloé a gagné au loto, elle sait aussi qu'Anaïs l'ignore. Et maintenant que tout est définitivement terminé avec JR, Zoé se doute bien que Chloé entretient la seule amie qu'il lui reste à coups de restaurants et de cadeaux divers. Et surtout, Zoé est trop fière pour faire le premier pas !

Chloé est anxieuse, mais ne peut pas partager ses appréhensions avec Anaïs.

— Il faut que Lola et Jen' s'excusent aussi auprès de toi ! continue Anaïs.

— Bah, on va pas en rajouter dans l'immédiat, tente de pondérer Chloé, qui craint désormais une réaction en chaîne qu'elle ne pourrait pas maîtriser.

— Bien sûr que si ! insiste Anaïs.

Chloé est vraiment inquiète.

— Tu as des nouvelles de Lola ?

— Aucune ! répond fermement Anaïs. Et je ne tiens pas à en avoir !

— Même si elle s'excuse ?

— Même si elle s'excuse ! Enfin, peut-être, mais ce sera difficile ! Tu te rends compte ? Elle a critiqué ma relation avec Noé ! Comme si je ne m'en occupais pas assez ! C'est facile pour une bourgeoise ! Ce n'est pas elle qui se tape toutes ses soirées à faire l'animatrice de téléphone rose !

— Je comprends, confirme Chloé. Pendant la croisière, elle m'a confié que ta priorité n'était pas P'tit Loup, mais le sexe.

Anaïs s'étrangle en avalant son café.

— Elle t'a dit ça ! Mais quand ?

— Quand on est retourné à bord à l'escale d'Andalsnes, alors que vous étiez tous en train de vous disputer à la brasserie.

Anaïs est rouge de colère.

— C'est pas possible !

Chloé continue d'enfoncer le clou.

— Tu peux demander à Marguerite, elle était présente.

— Elle a dit ça devant Marguerite ? enrage Anaïs, au bord de l'explosion. Elle peut se brosser pour que je l'excuse un jour, celle-là !

Ouf ! se dit Chloé. *L'explosion en chaîne n'aura pas lieu.*

***

Plus tard, dans la voiture en direction de la maison de Chloé.

— Au fait, Chloé, ton problème hormonal, c'est réglé ?

— Je n'ai pas attendu qu'on récupère enfin nos bagages, deux semaines après la fin de la croisière ! Dès mon retour, j'ai filé chez mon médecin qui m'a prescrit le même traitement et tout est rentré dans l'ordre.

— Ah, tant mieux ! s'exclame Anaïs, soulagée pour son amie. Mais tu sais, tu n'aurais pas dû insister pour cette virée shopping, je n'ai pas besoin de tous ces vêtements ! ajoute-t-elle en jetant un regard aux sièges arrière du véhicule où sont posés des sacs ornés des logos de grandes marques.

— Ça me fait plaisir ! répond Chloé.

Toutefois, sous son sourire de façade, Chloé n'en mène pas large. Elle sait qu'elle ment à Anaïs, qu'elle achète son amitié en la couvrant de cadeaux, mais en plus elle a volontairement aggravé la situation entre Anaïs et Lola pour mieux protéger son secret. Chloé n'est pas rassurée. Elle ne sait pas comment se sortir de cette histoire qui risque de lui péter entre les doigts à tout moment.

*

— Faudrait que j'arrête le mélange café-Red Bull, car, même à pied, je dépasse les cyclistes !

Jenifer dépose les croissants sur la table de la cuisine de Lola. Après leur longue discussion de la veille, elles ont fait la grasse matinée. JR et Samantha sont repartis très tard.

— Je suis vraiment désolée, Frank a si peu dormi alors qu'il doit bosser et c'est de ma faute ! Je pense qu'il faut que je retourne au plus tôt à Paris !

— Mais non ! sourit Lola. Tu restes ici aussi longtemps que tu veux !

Les deux amies s'installent pour prendre le petit déjeuner.

— Il faut bien que je récupère mes affaires et que je me trouve un nouveau logement, insiste Jenifer.

— Trouver un logement décent à Paris avec désormais tes seuls revenus, ça ne va pas être facile. Tu peux commencer par regarder les petites annonces via Internet à partir d'ici, ça te permettra de faire une sélection et d'organiser des visites pour ton retour sur Paris. Et Zoé ne va pas balancer tes vêtements par la fenêtre. Enfin, j'espère !

— J'espère aussi, mais mon bol prénom du petit déjeuner a dû devenir la gamelle de Kimy !

Les deux amies pouffent.

— Mais j'ai surtout besoin de toi, avoue Lola.

Jenifer la regarde d'un air interrogateur.

— Après que tu t'es couchée, j'ai longuement discuté avec Frank. J'ai pensé appeler Chloé pour l'avertir des mauvaises intentions de Zoé, mais Frank m'en a dissuadée : Chloé se complaît dans le mensonge, qu'elle se débrouille maintenant. Par contre, je n'ai pas d'autre choix que de dire la vérité à Anaïs. Je ne veux pas être la bonne copine exclue du groupe parce que je n'ai rien osé dire. Et Frank pense que si je tarde trop à dire la vérité à Anaïs, elle m'en voudra d'autant plus.

Jenifer reste pensive un instant, puis lance :

— Ça va faire exploser définitivement la bande !

— Elle a déjà explosé, Jen'. Chloé a perdu la tête, Zoé montre désormais son vrai visage, Anaïs est dupée par tout le monde, tu es en pleine rupture et moi je baisse la tête et j'évite les coups depuis tant de mois maintenant ! Et j'en ai marre, je veux crever l'abcès.

— Je te comprends, répond Jenifer, mais n'oublie pas qu'Anaïs t'en veut également de l'avoir mal jugée à propos de P'tit Loup.

— Raison de plus, Jen' ! Anaïs et moi sommes liées par nos enfants et Noé ! Il est grand temps que je m'excuse et que nous nous réconciliions.

— Et qu'attends-tu de moi ? demande Jenifer.

— Rien de plus que de confirmer mes propos, de dire la vérité sur Chloé et Zoé. Nous irons ce soir chez elle, à l'improviste, et nous l'obligerons à nous écouter. C'est toi qui seras en avant, car si c'est moi, je risque de me prendre la porte en pleine tronche !

— Je suis partante, confirme Jenifer, mais je te préviens, ça risque de faire du grabuge.

— J'en ai rien à faire ! Jusqu'à présent, je n'ai pas bougé, je n'ai rien dit, mais l'attitude de Zoé est tout autant inacceptable que celle de Chloé ! Le pacte du silence est rompu, je voulais tout comme vous que Chloé se démerde toute seule avec sa conscience. Mais là, ça va trop loin !

— N'oublie pas que Zoé est la marraine de Lylou, vous pourriez vous fâcher définitivement. Là aussi, il y a des liens forts, tente Jenifer.

— Des liens forts ? Avec une femme obnubilée par l'argent, égoïste et méchante ? Non, il n'y a plus de lien.

— Qu'est-ce qui te fait dire cela ? demande Jenifer.

— J'ai appelé Zoé pendant que tu étais partie chercher les croissants. Je voulais vraiment savoir ce qu'elle a dans le ventre... Je ne voulais pas remettre en question ce que tu nous as dit hier soir, mais je voulais en avoir le cœur net. J'espérais que tout était dû à un coup de sang, à cause de votre rupture.

— Et ? demande Jenifer, suspendue aux lèvres de Lola.

— Après avoir insisté plusieurs fois, elle a finalement décroché. Et elle m'a confirmé toute l'histoire. En gros, elle m'a envoyée chier, prétendant que nous la saoulions depuis des années, qu'elle ne supportait plus nos minauderies et nos petites histoires de femmes bien installées. Et que pour une fois qu'un truc intéressant arrivait dans la bande, elle n'allait pas se gêner pour se faire plaisir, et prendre une part du gâteau de Chloé, dont elle allait retourner le cerveau ! À peu de chose près, c'est exactement ce que tu nous as raconté, mot pour mot, méchanceté et hargne en plus !

— Ne penses-tu pas qu'il faudrait d'abord prévenir Chloé ? suggère Jenifer.

— Non ! répond sèchement Lola. Ça fait des mois et des mois qu'elle ment à Anaïs, elle a largement eu le temps de dire la vérité. Et nous n'avons rien dit ! Si Zoé lui lobotomise le cerveau, c'est son problème ! Pas le mien !

Les filles finissent leur petit déjeuner, chacune perdue dans les mêmes pensées.

— Tu te rends compte, la beauté intérieure de Zoé ! Moi qui pensais que c'était une femme droite, fidèle en amitié, humaine malgré son côté brut de décoffrage… Et on découvre une femme aigrie et manipulatrice, tout comme Chloé !

Jenifer pousse un soupir en rangeant son bol dans le lave-vaisselle.

— Si, de nos jours, on s'intéressait vraiment à la beauté intérieure, la mode ne serait pas aux *selfies* mais aux coloscopies !

15.

— J'aimerais bien être un oiseau…
— Pour voir si c'est plus beau vu d'en haut ?
— Non, pour te chier à la gueule. (Zoé)

Anaïs lit la longue réponse de Chloé suite à son e-mail. Il est 20 h 30. Ce soir, elle ne fera pas d'animation « téléphone rose ». Elle est vraiment déçue par Chloé. Elle vient de rentrer de son week-end parisien et découvre que Chloé lui fait des cachotteries.

Depuis quelque temps, Anaïs reçoit des appels téléphoniques de types qui prétendent l'avoir croisée dans un supermarché, à la station-essence et même au lycée… En fait, Chloé l'a inscrite sur un site de rencontres à son insu et elle sélectionne les meilleurs profils pour Anaïs. Afin qu'Anaïs n'en sache rien, Chloé briefe les candidats potentiels sur le hasard d'une rencontre. C'est quand elle sent que le type a bien compris le discours qu'il doit absolument tenir que Chloé lui donne le numéro de téléphone d'Anaïs. À la question : « Mais comment avez-vous eu mon numéro ? », le gars doit rester mystérieux, comme si une longue enquête avait été nécessaire pour retrouver la belle Anaïs.

Un certain Aymeric l'avait appelée en premier. Un genre d'écolo chiant, qui en moins de cinq minutes pestait déjà contre le nucléaire et les projets d'aéroport. Aymeric avait peur de bouffer des OGM, d'être piqué par des abeilles transgéniques et était très anxieux quant à l'avenir du saumon d'élevage. Anaïs avait gentiment écourté la conversation. Ce mec, c'était direct à la poubelle – la verte, évidemment. Hors de question de jouer à la militante Greenpeace avec un pull tricoté en osier.

Avait suivi un Aurélien, « facebookien », qui s'était vanté de ses « hashtags de ouf » sur Twitter. Le genre de mec qui arpente les réseaux sociaux comme les morpions les poils pubiens. Aurélien vit au rythme de la *timelime*, *like* des groupes bizarres comme « Sucer des glands ne fera pas de toi un écureuil », et enchaîne les *selfies* en se mettant du Vivelle. Anaïs avait poliment décliné l'invitation de se « skyper » le soir même.

*
*

C'est Raphaël l'intello qui a balancé l'information. Il l'a appelée aujourd'hui. Il connaît tout Racine, lui a dit vivre l'amour en mots et en tantrisme et a commencé à vanter les mérites de ce site de rencontres à travers lequel il peut échanger avec de nombreuses femmes sur « l'éducation sentimentale ».

Anaïs s'est alors empressée d'aller visiter le site en question pour découvrir son joli minois exposé en vitrine. Elle a vite compris que Chloé était derrière tout ça. Depuis que tout est définitivement fini avec JR et Robert, elle insiste pour qu'Anaïs trouve enfin le grand amour. « Il faudrait que tu trouves un mec comme JR, mais qui ne te trompe pas ! » lui a-t-elle dit à Paris.

Mais Anaïs n'a absolument pas envie de rencontrer quelqu'un. Elle a d'autres soucis, comme se sortir de cette histoire de *revenge porn*. Et Anaïs ne supporte pas qu'on s'immisce dans sa vie privée. Elle a aussitôt envoyé un e-mail d'engueulade à Chloé.

Dans la réponse qu'Anaïs est en train de lire, Chloé s'excuse plus platement qu'une serpillière. Elle voulait bien faire, elle ne souhaite que le bonheur d'Anaïs. Elle lui demande de la pardonner et lui jure qu'elle ne recommencera plus.

Anaïs soupire. Évidemment que son amie a voulu bien faire. Anaïs s'en veut alors de l'avoir si violemment réprimandée. Elle s'apprête à lui répondre quand elle remarque le post-scriptum que Chloé a rajouté :

J'ai déjeuné avec Zoé comme convenu, elle m'a demandé une grosse somme d'argent. Quand je lui ai dit qu'il fallait que j'en parle à Bruno, elle s'est mise en colère, m'a insultée et est partie furieuse en me laissant en plan au restaurant.

Anaïs décide alors d'appeler directement Chloé. Il est préférable de s'excuser de vive voix, mais surtout, elle veut en savoir plus sur cette nouvelle dispute entre Chloé et Zoé.

Au moment même où elle compose le numéro de Chloé, on sonne à la porte.

***

— C'est gentil d'accepter de me recevoir si tardivement.

— C'est avec plaisir ! répond Anaïs en servant du thé. Mais avoue que cela me fait bizarre de voir ma copine qui habite Paris débarquer chez moi à Cannes à 21 heures.

— En fait, j'ai... enfin, *nous* avons besoin de te parler, répond prudemment Jenifer.

— Qui, nous ?

— Eh bien, Lola et moi...

— Lola ?

— Oui, Lola, elle doit être derrière ta porte en train de grelotter, les soirées sont fraîches à cette époque de l'année ! sourit Jenifer.

Anaïs pose brutalement son mug de thé brûlant.

— Je n'ai rien contre toi, Jenifer, si ce n'est d'être la compagne d'une enfoirée de première qui prend Chloé pour son bouc émissaire. Mais il est hors de question pour moi de voir Lola. Elle se les gèle dehors, tant mieux ! Qu'elle se transforme en banquise !

— Anaïs, beaucoup de choses ont changé, il faut absolument que tu acceptes de la voir, elle crève d'envie de s'excuser pour sa maladresse au sujet de Noé !

— De *ses* maladresses ! reprend Anaïs, nerveuse. Il paraît que je préfère le sexe à Noé !

— Comment ça ? questionne Jenifer.

— Elle l'a dit à Chloé pendant la croisière !

— Je ne suis pas au courant, répond Jenifer. Preuve que, pour une fois, le téléphone arabe n'a pas fonctionné correctement entre les filles, tente-t-elle de plaisanter.

— C'est pas franchement drôle ! rétorque Anaïs, à bout de nerfs.

— Ça ne sert à rien de te mettre dans des états pareils, répond Jenifer.

— Faut que je vous écoute toutes ! riposte Anaïs qui se met soudain à pleurer. Mais moi, personne ne m'écoute ! Cet enfoiré de Robert a mis des photos de moi à poil sur un site. Certains de mes collègues de lycée les ont vues, je risque de me faire virer !

Jenifer est estomaquée.

— Non, mais quelle enflure ! s'écrie-t-elle. Et comment sont-ils au courant, au lycée ?

— Bah, ce n'est pas parce qu'on est prof qu'on est asexué ! Certains de mes collègues masculins surfent sur le Net. À moins que Robert, qui avait sympathisé avec plusieurs d'entre eux lors d'une soirée, ne leur ait envoyé le lien… Enfin bref, depuis ce matin, ils me regardent tous d'un air entendu, pour finalement me souffler le nom du site avec un clin d'œil bien appuyé. (Désespérée, Anaïs fond en larmes) Tu te rends compte ! Si ça remonte jusqu'au proviseur, je perds mon boulot, je ne pourrai plus jamais exercer le seul métier que je connaisse. Les réputations, tu les traînes de lycée en lycée. Jamais un chef d'établissement ne m'embauchera ! Et comment je vais faire moi, sans travail ? Déjà que j'ai du mal à payer mes factures en temps normal !

Jenifer observe avec tendresse et compassion son amie effondrée et en proie à une crise de larmes incontrôlable.

— C'est donc maintenant que tu as besoin de tes amies, Anaïs !

Jenifer se lève d'office et va ouvrir la porte à Lola.

*

— C'est beau, les réconciliations, lance Jenifer en souriant.

Lola et Anaïs sont blotties dans le canapé d'Anaïs. Elles ont passé plus de dix minutes à pleurer dans les bras l'une de l'autre. Lola n'a pas cessé de s'excuser pour son égarement à propos de Noé. Et pour la réflexion rapportée par Chloé, elle a également dû plaider coupable, mais avec des circonstances atténuantes. Anaïs l'avait gratifiée d'un « Ta gueule ! » dans la brasserie à l'escale d'Andalsnes. Elle était énervée et elle lui en avait voulu, d'où sa réflexion un peu brutale.

— Comme quoi un « Ta gueule » perd toute sa prestance face à un « Elle préfère le sexe à Noé » ! lance Anaïs entre rires et larmes.

— J'ai pas dit ça ! J'ai dit que je pensais que ta priorité était P'tit Loup, mais que tu ne pensais qu'au sexe.

Anaïs réfléchit un instant.

— Ouais, ben, quelque part, ça revient au même.

— Ouais, quelque part, reconnaît Lola.

Les filles pouffent, soulagées de s'être enfin réconciliées. Lola et Anaïs sont depuis toujours les amies les plus proches. Géographiquement parlant d'abord, toutes deux habitant à quelques kilomètres l'une de l'autre. Et puis, depuis peu, le fruit des amours de Tom et Lylou a consolidé une amitié déjà solide à la base.

— Alors, qu'est-ce que tu voulais me dire, Jenifer ? demande Anaïs qui s'est complètement ressaisie.

— Pardon ? tente Jenifer qui cherche à gagner du temps.

— Ben oui, Lola voulait me voir pour s'excuser, mais toi, que voulais-tu dire par : « Nous avons besoin de te parler » ?

Jenifer consulte Lola du regard. Est-il vraiment nécessaire de tout lui dire ce soir ? Elle traverse déjà un moment difficile avec cette affaire de photos diffusées sur le Net. Pas besoin d'en rajouter. Mais Lola ne semble pas de cet avis. Autant tout lui dire, ici et maintenant.

Jenifer prend alors une grande inspiration et se lance dans une longue explication. La fortune de Chloé, le fait qu'elle demande aux filles de ne rien dire à Anaïs.

— Mais pourquoi ? demande Anaïs, choquée.

— Avec tes problèmes financiers, elle pensait que tôt ou tard, tu retournerais avec JR. Par contre, avec une amie richissime et de nature généreuse, tu aurais su vers qui te tourner en cas de problème. Et comme Chloé ne sait pas dire non, elle a préféré te le cacher.

— Tu déconnes ! lâche Anaïs en éclatant de rire.

— Pas du tout ! intervient Lola.

— Mais enfin, ce n'est pas possible, les filles ! Réveillez-vous ! Chloé n'est pas comme ça ! Alors, pourquoi elle m'a offert la croisière ?

— Pour te faire des louanges sur JR, rappelle-toi ! Tu l'avais mise en garde !

— Et les 5 000 euros ? riposte Anaïs. Elle m'a prêté… enfin, donné 5 000 euros ! Elle ne m'a pas laissée en plan financièrement !

— C'était pour quoi, ces 5 000 euros, sans indiscrétion ? la questionne Jenifer.

— Des dettes que nous avions en commun, JR et moi, confie Anaïs.

— Ah, ben voilà ! Sans passif, c'est plus facile de faire redémarrer un couple.

Anaïs est perplexe.

— Sa fortune explique alors tous ses achats de vêtements à Flam ?

Lola et Jenifer acquiescent.

— Elle explique aussi son vrai-faux dérèglement hormonal ! ajoute Jenifer.

— C'était le choc de la nouvelle ?

— Exactement ! répondent Jenifer et Lola en chœur.

— Quand je pense qu'elle m'a encore confirmé que tout venait de ses hormones. Non ! Je n'arrive pas à y croire, y a un truc qui colle pas, les filles. Pourquoi n'a-t-elle pas arrêté de me faire plaisir ? J'étais chez elle ce week-end. Elle n'a eu de cesse de m'offrir les meilleurs restaurants et des descentes dans les plus beaux magasins de Paris !

— Elle devait savoir que JR est désormais avec Saman… euh, une nouvelle copine, corrige Jenifer.

— Tu peux l'appeler Samantha, répond Anaïs. Moi aussi, je la trouve sympathique, ajoute-t-elle en souriant.

— N'oublie pas que tu es sa seule amie, désormais ! Elle achète ton amitié, mais n'ose certainement plus t'avouer son gros mensonge.

— En fait, elle essayait déjà de me manipuler ?

— Pourquoi *déjà* ? demande Jenifer.

— Rien de spécial, répond Anaïs en repensant à l'affaire du site de rencontres. C'est donc pour cela que Zoé était si agressive à son égard à la fin de la croisière et que vous lui avez emboîté le pas.

Les filles opinent du chef.

— Nous ne pouvions pas accepter qu'elle se joue de toi, tu n'es pas une marionnette !

— Je comprends maintenant… N'empêche, elle n'a pas perdu le nord, Zoé ! ajoute Anaïs en riant. Elle qui en veut à Chloé de m'avoir menti n'a aucun scrupule à vouloir lui taper de l'argent.

— Nous voilà arrivées à notre second problème… et pas des moindres, soupire Lola.

Anaïs la regarde d'un air interrogateur.

— Vas-y, Lola, explique-lui tout ! l'encourage Jenifer.

— Zoé profite de cette dispute entre les filles pour se rapprocher de Chloé et avoir la part belle, en bref récupérer du pognon. Quand Jenifer a compris ses desseins, elles se sont violemment disputées et elles ont fini par se séparer.

Anaïs regarde Jenifer d'un air interloqué auquel répond un pauvre sourire.

— Ce n'est pas possible ! s'écrie Anaïs. Zoé est une chieuse notoire, une emmerdeuse de première, mais elle ne mettrait jamais notre amitié en danger pour de l'argent.

— Elle envisage depuis longtemps de monter une franchise pour sa ligne de bijoux, explique Jenifer.

— Et quand j'ai pu enfin l'avoir au téléphone, continue Lola, elle m'a envoyée balader – et je suis polie. Elle m'a dit qu'elle ne nous supportait plus et que la seule chose qui l'intéressait désormais, c'était de grappiller du fric à Chloé pour atteindre son but.

— C'est donc cela, murmure Anaïs. Elle a demandé du fric à Chloé qui lui a dit qu'elle devait d'abord en parler à Bruno. Il doit s'agir d'une grosse somme…

— Et ? demande Lola.

— Et Zoé s'est mise en colère.

— Tôt ou tard, Chloé cédera ! soupire Lola.

— Chloé menteuse et calculatrice et Zoé machiavélique, je n'en reviens pas… Et je ne sais pas si j'en reviendrai un jour, avoue Anaïs.

— Quelque part, l'attitude de Chloé peut se comprendre, elle a tellement voulu croire que vous alliez recoller les morceaux, toi et JR.

— C'est pas une raison pour tenter de diriger ma vie ! s'exclame Anaïs. De surcroît sur un mensonge ! Me cacher qu'elle a gagné au loto, c'est quand même ne prêter que peu d'intérêt à ma personne et à ce que je peux ressentir ! Et ne parlons pas de notre amitié ! C'est pitoyable !

— J'ai dit *comprendre*, pas *excuser*, précise Jenifer en souriant.

— Elle aurait pu se douter qu'un jour ou l'autre, j'allais l'apprendre !

— C'est Chloé, soupire Lola, et tout le côté naïf qui va avec…

— Elle va m'entendre, celle-là ! s'exclame Anaïs, remontée comme un coucou suisse.

— Et Zoé, comment a-t-elle pu nous cacher sa véritable personnalité pendant autant d'années ? les questionne Lola.

— Je ne la reconnais plus ! lance Jenifer, les yeux rouges.

— C'est une opportuniste ! Et avec ces gens-là, quand l'argent paraît, l'amitié disparaît ! Et faut croire que l'amour aussi ! précise Anaïs en remarquant les quelques larmes que Jenifer tente de cacher.

Lola est sur le point de répondre quand la sonnerie de son portable l'interrompt. Elle l'attrape dans son sac et se lève en s'excusant.

— C'est Frank. Il est tard, il doit se faire du souci. Je le rassure et reviens de suite.

Anaïs et Jenifer sont abattues.

Le groupe d'amis a cette fois-ci vraiment volé en éclats. Zoé et Jenifer viennent de se séparer. JR a pris un nouveau chemin sentimental. Chloé a menti et a tenté de manipuler Anaïs. Et Zoé n'est qu'une opportuniste qui n'a aucun scrupule à tourner le dos à ses amis d'enfance pour servir ses propres intérêts.

Anaïs recommence à pleurer, mais cette fois-ci plus doucement. Jenifer, tout en reniflant, s'approche d'elle et lui prend la main.

— Allez, Anaïs, ne t'inquiète pas, tout va s'arranger.

— Non, Jen', depuis ma rupture avec JR, je ne fais qu'enchaîner les emmerdes. Chloé avait raison. Rien ne sera plus jamais comme avant !

Lola revient dans le salon, blême. Jenifer lève les yeux vers elle.

— Mais que se passe-t-il, Lola ? On croirait que tu as vu un fantôme !

— Anaïs, les enfants ! s'écrie Lola avant de s'effondrer.

16.

Je pars pour l'Irlande prendre un peu l'Eire, il paraît que ça fait Dublin. (JR)

« *Un autocar transportant vingt-six personnes de nationalité française a basculé dans un ravin hier soir en Roumanie, dans la région de Brasov, a-t-on appris par l'AFP. Les vingt-six passagers du car accidenté étaient des jeunes adultes effectuant des fouilles archéologiques dans le pays. Le chauffeur se trouve dans le coma et a été admis à l'hôpital de Tirgu-Mures, dans un état critique. Quatre autres personnes sont grièvement blessées et ont également été hospitalisées, à Brasov. Parmi les passagers, plusieurs personnes souffrent par ailleurs de blessures légères... »*

Frank éteint la télé.

— On part quand ? demande Lola, anxieuse.

— Il n'y a pas de vol pour Bucarest avant ce soir, après il faudra prendre un vol pour Sibiu et Brasov se trouve à cent vingt kilomètres de là.

— Et qu'attends-tu pour acheter les billets ?

— Il n'y a pas de liaison régulière entre Bucarest et Sibiu ! Le prochain vol serait après-demain ! Et arrête de m'engueuler ! Moi aussi je suis inquiet !

Tendus à l'extrême, Lola et Frank ont passé la nuit à se disputer.

Lola, Frank, JR, Anaïs et Jenifer n'ont pas dormi de la nuit. Tom et Lylou étaient dans ce car. L'ambassade de France à Bucarest a appelé Frank la veille en l'informant qu'il y avait des blessés, sans pouvoir encore les identifier. L'ambassade a promis de les rappeler dans les heures qui suivraient. Mais à 8 heures du matin, ils n'avaient toujours pas de nouvelles.

Frank a passé la nuit à chercher le meilleur trajet possible pour se rendre à Brasov : long en avion, car pas de lignes directes ou de correspondances rapides, et même problème en train.

— On n'a qu'à prendre la voiture, suggère Anaïs dont le café matinal éclaircit les idées.

— Pourquoi pas ?

Frank est étonné de ne pas y avoir pensé plus tôt. Il se jette une nouvelle fois sur son ordinateur.

— Distance : 1 970 kilomètres, vingt-quatre heures de route. On pourrait se relayer au volant avec JR !

— On fait ça ! ordonne Lola. On part dans une heure !

— J'appelle JR immédiatement ! répond Frank en attrapant son téléphone portable.

Il a été convenu la veille que JR les rejoindrait le lendemain matin afin de prendre n'importe quel vol en direction de la Roumanie. Ils verraient sur place comment rejoindre Brasov. Il faut l'informer du changement de programme. Lui aussi a passé une nuit blanche à chercher le meilleur moyen de rejoindre son fils, mais il n'a pas trouvé mieux que Frank.

— Il ne répond pas ! s'exclame Frank, à bout de nerfs, épuisé par sa nuit blanche et l'inquiétude.

— Il doit être sur la route ! le rassure Jenifer. Va vite réunir quelques affaires pour le voyage et passe-moi les clés de ta voiture, je vais faire le plein et faire vérifier les niveaux à la station. Ainsi, vous gagnerez un temps précieux.

Frank la regarde d'un air reconnaissant et file aussitôt dans sa chambre attraper un sac pour y fourrer quelques vêtements en vrac.

Lola et Anaïs, déjà prêtes depuis plusieurs heures, préparent des sandwiches à la hâte dans la cuisine.

Le *babyphone* rappelle les deux femmes à leurs nouvelles fonctions de jeunes grands-mères.

— Zut ! Noé se réveille et Jen' n'est pas là !

— Finis les sandwiches, je vais le chercher ! intervient Anaïs.

En revenant avec le bébé dans les bras, Anaïs croise JR qui vient d'arriver. Il est nerveux, mais nettement moins stressé que le reste de la bande.

— Tiens, lance Anaïs en lui collant Noé dans les bras, va lui changer sa couche et lui donner son bain en vitesse. Moi, j'ai des sandwiches à finir ! Au fait, on part en bagnole ! lance-t-elle en ayant déjà rejoint la cuisine.

— Attends ! lâche JR qui découvre le branle-bas de combat.

— Pas le temps ! répond Anaïs. Jenifer va s'occuper de Noé pendant notre absence, mais pour le moment, elle est allée faire le plein, alors tu t'y colles !

— Oui, mais je voulais vous dire…

— Tu nous le diras après ! On est à la bourre ! lance Frank en passant comme une fusée devant son meilleur ami.

— Ohé ! Je suis là !

— On t'a vu, JR ! dit Lola en essayant de fermer une glacière pleine à craquer. Mais tu vois, on n'a pas trop le temps de te préparer un brunch, alors si tu permets…, ajoute-t-elle en l'écartant de la porte d'entrée pour sortir la glacière.

— Où sont nos passeports ? crie Frank.

— À leur place ! hurle Lola.

— On est dans l'Union européenne, on n'a pas besoin de passeport ? les interroge Anaïs.

— M'en fous, je ne prends pas de risque ! Pas envie de me taper vingt-quatre heures de route et de rester bloqué à la frontière pour des histoires de paperasse ! lance Frank en retournant les dossiers de son bureau.

— Vous pourriez m'écouter deux secondes ! s'exclame JR.

— Voilà, ça y est, le plein est fait ! Le niveau d'huile est bon ! lâche Jenifer en déboulant dans la maison de Lola, tout essoufflée. Tiens, t'es là, toi ? Bon, vous partez en voiture ! Passe-moi ton petit-fils ! ordonnet-elle en arrachant presque Noé des bras de JR. Mais sa couche est trempée ! Pourquoi tu ne l'as pas changé ?

Sans attendre de réponse, Jenifer file direct dans la nursery avec Noé qui ronchonne, déçu de quitter le salon très animé de bon matin.

— Lola, où est ta thermos ?

— Dans le placard du haut, au-dessus de l'évier !

— OK, je vais faire du café, si on a encore le temps.

— On part dans quinze minutes !

— OK, c'est bon !

JR, qui est resté debout pendant tout ce temps, décide de prendre son mal en patience et s'installe confortablement dans le canapé. Il pose les pieds sur la table basse et observe d'un air amusé ses amis et son ex-femme s'agiter dans tous les sens.

— Il paraît que le manque de sommeil donne des hallucinations !

— Qu'est-ce que tu dis, JR ? lance Lola en courant d'une pièce à l'autre sans même le regarder.

— Bah, j'ai l'impression que vous avez chacun un dragon qui vous colle au cul !

— Un quoi ?

— Rien ! soupire JR, qui se met à siffloter.

Dix minutes plus tard, les sacs de voyage et la glacière sont dans le coffre, l'itinéraire a été imprimé et posé sur le siège avant. La thermos est prête à déverser sa dose de caféine durant les longues heures de voyage. Les passeports sont au garde-à-vous dans la boîte à gants. Tous se retrouvent dans le salon pour un dernier *check-up*. Les recommandations pour Noé sont données à Jenifer. Ils sont prêts à se mettre en route. C'est à ce moment-là que tout le monde remarque l'attitude nonchalante de JR.

— Mais qu'est-ce que tu fiches affalé dans le canapé ? Magne-toi ! On y va ! lance Anaïs.

— On reste là ! répond tranquillement JR.

— Comment ça, on reste là ? demande Frank, stoppé net dans son élan.

— Oui, pourquoi ? répète machinalement Lola. Au fait, il faudra retirer des espèces ? C'est l'euro en Roumanie ou la monnaie locale ?

— Nos enfants vont bien !

Tous sont subitement tétanisés. Frank, sous le choc, revient sur ses pas, essaie de s'asseoir sur l'accoudoir du canapé, mais glisse et se vautre par terre. Lola, qui continuait sa course, se prend les pieds dans son mari. Jenifer, ébahie, tient dans un bras Noé qui râle, car elle oublie de lui donner son biberon du petit déjeuner qu'elle tient dans l'autre main. Anaïs, ébranlée, prend appui sur Jenifer qui, en voulant la rattraper, lâche le biberon. Noé hurle.

— Comment ça, *ils vont bien* ? bredouille Frank en se relevant.

— Sur la route, en venant ici, l'ambassade m'a appelé. Tom et Lylou sont sains et saufs, pas une égratignure. Ils voulaient vous prévenir, je leur ai dit que j'étais en chemin, ils m'ont demandé de vous annoncer la bonne nouvelle. C'est à ce moment-là que tu as tenté de m'appeler, Frank, sourit JR.

La bande d'amis pousse un profond soupir.

Lola, les nerfs à vif, se met à pleurer de soulagement. Anaïs se ressaisit et Jenifer attrape le biberon qu'elle fourre dans le bec de Noé pour calmer ses cris stridents.

— Mais bordel ! Pourquoi tu ne nous l'as pas dit plus tôt !

— J'ai essayé ! Mais personne ne voulait m'écouter !

— Ben, fallait insister ! Mais toi, t'insistes jamais ! T'as même pas insisté pour sauver notre couple !

— Ça, c'est petit ! intervient Frank.

— Petit ? Comment ça, c'est petit ? rétorque Anaïs en interrogeant Jenifer et Lola du regard.

— Oui, c'est petit, confirme prudemment Jenifer.

— Ouais, tout petit ! ajoute Lola, qui enfonce le clou pour clore une conversation loin de ses soucis actuels. Ils t'ont dit quand les enfants allaient rentrer en France ?

JR secoue négativement la tête.

— Eh bien, nous partons quand même ! s'exclame Lola qui se

redresse. Les gosses doivent être traumatisés par l'accident. Hors de question que je les laisse seuls dans un pays étranger un jour de plus. Nous partons !

— Je suis d'accord, partons ! renchérit Anaïs.

— Lola a raison, ajoute Frank. Il vaut mieux les ramener ici au plus vite.

— Mais je n'ai jamais dit que nous n'allions pas en Roumanie ! rétorque JR. Nous allons partir, mais à 14 heures, pas maintenant.

— À 14 heures ?

— Arrêtez de me regarder avec vos yeux de merlans frits ! Et laissez-moi vous expliquer. Mais il me faut un café noir, car moi non plus je n'ai pas dormi de la nuit. Mon ex-chérie, la mère et la grand-mère de mon fils et mon petit-fils préférés, pourrais-tu t'en charger ? demande-t-il, taquin.

Anaïs se dirige vers la cuisine en ronchonnant.

— Va plutôt chercher la thermos dans la voiture, suggère Lola, pressée de connaître le fin mot de l'histoire.

Après avoir avalé une gorgée de café brûlant, ravi d'être enfin au centre de l'attention, JR se lance.

— Cette nuit, tout comme Frank, j'ai cherché une solution pour rejoindre Brasov dans les plus brefs délais. Sans succès. Et en fin de nuit, j'ai eu l'idée !

— Quelle idée ? presse Frank.

— Nous partons en jet privé ! Décollage de Nice à 14 heures, nous serons à Sibiu à 16 heures maximum, une voiture avec chauffeur nous déposera à Brasov dans l'heure qui suit. Nous serons sur place vers 17 heures, on embarque les gamins et on fait le chemin inverse, on sera à Nice ce soir vers 20 heures ! lance-t-il d'un air satisfait.

Les autres se regardent, perplexes.

— Ouais, bon, c'est bien, tente prudemment Frank devant la mine réjouie de son ami. J'ai hâte de récupérer nos enfants que l'on sait maintenant sains et saufs, mais de là à vider mon compte en banque et m'endetter, je préfère la voiture…

— C'est gentil de ta part, JR, mais c'est vrai qu'il vaut mieux y aller en voiture, ajoute Lola.

— Surtout que je n'ai pas une tune et qu'il y a les études de Tom à payer ! râle Anaïs. On ramène un gosse en pleine forme, mais on n'a plus un rond pour financer ses longues années de médecine. Merci pour ta superbe idée, JR, mais moi, j'ai pas encore gagné au loto ! ironise-t-elle.

— Ben justement, le loto ! répond JR. Le LO-TO ! insiste-t-il devant les regards interrogateurs.

— Celui de Chloé ?

— Arggggh ! lâche JR en désignant son ex-femme.

— T'inquiète, je sais tout, intervient Anaïs.

— T'étais pas censée ne pas être au courant, toi ? s'étonne JR.

— Oui, mais maintenant non ! répond laconiquement Anaïs.

— Je ne comprendrai jamais rien à vos histoires de gonzesses !

— On t'expliquera ! Allez, raconte !

— Quand j'ai eu cette idée, j'ai tout de suite pensé à Chloé, je l'ai appelée très tôt ce matin et je lui ai demandé de nous aider. Elle a accepté aussitôt ! Elle s'est occupée de tout ! Même de la limousine. Et j'ai reçu nos billets par e-mail ! ajoute-t-il fièrement en montrant son smartphone.

Frank semble désormais ravi, les filles nettement moins.

— Cachez votre joie, les filles ! s'exclame JR.

— T'as demandé une limousine avec chauffeur à Chloé ? lance Anaïs, abasourdie.

— Ben oui, et accessoirement un avion privé. T'avais une meilleure solution, toi ? ironise JR.

— Ouais, la bagnole ! s'écrie Anaïs. Je ne veux rien devoir à Chloé ! J'en veux pas, de son foutu pognon ! Et toi, tu vas prendre le contenu de la thermos sur la tronche si tu continues à me narguer avec ton air satisfait !

— Remets-toi dans le contexte, pondère Frank. À ce moment-là, nous ne savions pas encore que nos enfants n'étaient pas blessés. Et personnellement, je n'aurais pas hésité à demander à Chloé si j'avais eu l'idée en premier.

— OK pour le contexte, mais maintenant, on n'est plus dans l'urgence absolue ! On annule le voyage V.I.P. et on prend la bagnole !

Lola et Jenifer, qui sont restées silencieuses, se concertent du regard.

— Anaïs, Chloé est peut-être en train d'essayer de s'excuser, tente Lola.

— De s'excuser de quoi ? Elle ne sait même pas que je suis au courant !

— Elle nous a taxées de jalouses et de bourgeoises égoïstes, elle nous doit aussi des excuses.

— Non, « bourgeoise égoïste », c'est Anaïs, précise Lola en souriant. Bref, tu n'es pas la seule personne avec laquelle Chloé souhaiterait se réconcilier. Elle a dû redescendre sur terre et doit chercher par tous les moyens comment se faire pardonner. Et c'est l'occasion idéale !

— Je ne vois pas d'occasion idéale ! grogne Anaïs.

— Moi, je vois qu'elle a fait d'une pierre deux coups, enchaîne Frank. Par ce geste, elle s'excuse auprès de Lola et te révèle d'une façon indirecte qu'elle a beaucoup plus d'argent que tu ne le crois. Parce qu'un jet privé, ça doit coûter une petite fortune !

Les uns et les autres restent silencieux un moment, soulagés pour les enfants, mais épuisés par leur nuit blanche. Le stress retombé, la fatigue se fait ressentir.

— Bon, on fait quoi ? demande JR, à bout de patience.

— On prend le jet ! répond Frank.

— Je suis morte de fatigue, je suis pour le jet aussi ! annonce Lola.

Tout le monde se tourne vers Anaïs. Jenifer s'assied auprès d'elle, Noé toujours dans ses bras.

— Tu sais, je n'ai pas trop l'habitude avec les enfants en bas âge. Quelques heures, ça va, mais quelques jours, c'est plus compliqué, ajoute-t-elle malicieusement.

— Ça va ! Ça va ! C'est bon ! On prend le jet ! capitule Anaïs tandis que tous lui sautent dessus. Ça sera sa punition pour m'avoir caché sa fortune ! Hop ! Un petit aller-retour en jet privé ! lance-t-elle en riant.

— Ça sera aussi sa punition pour avoir cru que nous étions jalouses ! ajoute Lola en souriant.

— J'espère qu'il y aura du champagne à bord ! On a besoin d'un remontant après cette nuit de cauchemar !

— Tu ne perds pas le nord, Frank ! lance Jenifer.

— Moi ? Jamais !

— Maintenant, on peut aussi prendre le train, intervient JR, faussement sérieux. Niveau terrorisme, on sera peinards…

— Pourquoi ?

— Ben, vu les retards à la SCNF, si Al-Qaïda veut faire exploser un train, ils doivent surtout s'armer de patience !

La bande d'amis éclate de rire.

— Allons chercher nos enfants !

— En jet privé ! Évidemment !

17.

Dimanche, jour de la messe. J'aurais préféré jour de la fesse ; comme quoi, une consonne peut changer une journée. (Frank)

Zoé est allongée et se repose enfin dans sa toute nouvelle chambre joliment décorée. Les derniers mois ont été difficiles. Chloé, Anaïs, Lola et Jenifer ont essayé à maintes reprises de la contacter. Personne ne voulait croire à son changement radical de comportement et toutes voulaient la ramener à la raison. Sans succès. Quand l'une ou l'autre arrivait à la joindre par téléphone, Zoé était glaciale. Elles sont toutes venues à Paris pour le déménagement de Jenifer et tenter une dernière réconciliation. Mais Zoé l'avait senti venir, elle a quitté l'appartement pendant la durée du séjour des filles et ne répondait plus au téléphone. Jenifer, aidée d'Anaïs, Chloé et Lola, a dû tristement emballer ses affaires, sans oublier Kimy le chat que Zoé ne voulait plus. C'était le chat que Jen' avait ramené un jour à la maison. Elles l'adoraient toutes deux, sauf que lors d'une dernière conversation avec Zoé pour l'organisation de ce déménagement, Jenifer avait douloureusement appris que Zoé détestait Kimy. Ce qui avait rajouté de l'incompréhension à son gros chagrin d'amour.

Les filles ont loué une camionnette et c'est avec beaucoup de peine qu'elles ont transporté le passé de Jenifer vers un avenir avec des blessures qui seraient longues à cicatriser.

Mais les filles sont maintenant plus en colère que tristes. Pour le plus grand soulagement de Zoé, elles vont enfin lui foutre définitivement la paix !

Par précaution, celle-ci a également déménagé et changé de numéro de portable afin d'éviter tout contact avec son passé.

Tout a merveilleusement fonctionné. Elles sont toutes tombées dans le panneau ! songe Zoé, soulagée.

Apprendre que Chloé, la pleurnicharde, avait gagné 26 millions d'euros au loto lui avait fait un choc ! Cette nuit-là, à bord du *Luminosos*, Zoé n'avait pas pu fermer l'œil. *Vider le minibar m'a permis d'encaisser la nouvelle*, se remémore-t-elle en souriant. Non, elle n'était pas jalouse ! Pas le moins du monde ! Mais quand même, apprendre que du jour au lendemain, son amie est assise sur un tas de fric à ne savoir qu'en faire, ça faisait tout drôle ! Puis il y avait eu l'attitude de Chloé qui avait changé et qui souhaitait garder le secret et ne rien dire à Anaïs. Inacceptable pour Zoé. Enfin, il y avait eu cet e-mail laconique que Zoé avait reçu à la fin de la croisière. Le genre d'e-mail qui change une vie. Zoé se rappelle qu'elle avait failli en parler à Lola quand elles s'étaient retrouvées toutes seules dans la cabine. Heureusement qu'Éléonore était arrivée à ce moment-là. Si elle avait tout raconté à Lola, son plan n'aurait jamais pu fonctionner !

Que je peux être sentimentale, parfois ! sourit Zoé. *Mais cela ne m'arrivera plus !*

Elle attrape la télécommande du téléviseur et se met à zapper.

Dès la fin de la croisière, tout était décidé. Zoé allait commencer par Jenifer.

Elle n'arrête pas de se plaindre que je ne suis pas facile, que je suis colérique et que j'ai une grande gueule ? Très bien, problème réglé : on se sépare.

L'annonce avait été sèche et brutale. Jenifer s'était malgré tout accrochée à son couple. Il avait fallu des mois de reproches, de cris, de crises de larmes pour que Jen' se rende à l'évidence et se barre enfin chez Lola. Zoé était restée inflexible. Elle effaçait sans même les écouter ou les lire les centaines de textos et de messages que Jenifer lui envoyait. Elle avait finalement achevé de briser le cœur de Jen' lors d'une dernière et violente conversation téléphonique. Enfin, Zoé était libre de ce côté-là. Bientôt, la colère ferait place à la tristesse, puis à la haine, puis à l'indifférence et enfin à l'oubli. Jenifer aurait été très embarrassante dans ses projets, qu'elle n'aurait jamais tolérés ! Il valait mieux faire place nette de ce côté-là. Et c'était chose faite.

Il fallait aussi se débarrasser d'Anaïs et Lola.

Pour Anaïs, le problème avait été vite réglé. Elle avait pris parti pour Chloé lors de la grosse dispute à bord. Zoé n'avait plus de nouvelles. Anaïs avait juste cherché à reprendre contact lors du déménagement de Jenifer. Apparemment, les filles s'étaient toutes réconciliées. Elle tenait cela de Marguerite. Tant mieux, mais cela n'arrangeait pas ses affaires. Anaïs, à son tour, cherchait à la joindre à tout prix pour la ramener à la raison. Elle avait dû employer les grands moyens et lui cracher au téléphone ce qu'elle pensait vraiment d'elle lors de l'unique conversation qu'elles avaient eue. Maniaco-dépressive, accro au sexe, frustrée, qui n'accepte pas de vieillir… Tout y était passé ! Le tout avec des mots choisis, car Zoé, quand elle décide d'être blessante, est une experte. Marre de se coltiner des amies ringardes avec si peu d'ambition depuis tant d'années. Anaïs en était restée bouche bée et Zoé en avait profité pour lui raccrocher au nez. Depuis, Anaïs n'avait plus cherché à la joindre.

Nickel ! Exactement ce que je voulais !

D'après Marguerite, la période nympho d'Anaïs était terminée. *Je suis heureuse pour elle !* avait poliment répondu Zoé.

Lola avait été un autre problème. *Elle est tenace, la bougresse !* se rappelle Zoé.

Lola insistait tellement par e-mail, téléphone et texto que Zoé devait mettre les bouchées doubles, être de plus en plus mauvaise et de mauvaise foi. Mais Lola revenait toujours à la charge quelques jours plus tard. La bonne samaritaine ! *T'aimes quand je t'envoie chier ? On va bientôt te canoniser !* s'était moquée Zoé un soir, à court d'arguments. Zoé avait fini par croire qu'elle n'allait jamais s'en sortir avec Lola. Heureusement, l'accident du car était tombé à point nommé. Lola avait demandé à Marguerite de prévenir Zoé. Chose que la pipelette s'était empressée de faire via Éléonore. Mais Zoé n'avait pas bougé le petit doigt, pas un appel, pas un e-mail, pas une carte, pas même un texto pour savoir si sa grenouille, sa filleule adorée – Lylou – et Tom étaient en bonne santé.

Plus tard, Zoé ne s'était même pas manifestée auprès de sa grenouille pour la réconforter après ce drame. C'en était trop pour Lola qui avait fait définitivement une croix sur Zoé. *Une de moins, on avance !* s'était dit Zoé, débarrassée de Lola, « l'épine dans le pied », comme elle l'avait surnommée ces derniers temps.

Par contre, Chloé, ç'a été du gâteau ! Zoé se met à rire. *Je l'ai manœuvrée comme un jouet télécommandé ! Les doigts dans le nez !*

Après leur déjeuner qui avait mal fini, Zoé était revenue à la charge très régulièrement en mode marteau-piqueur. Elle s'était bien amusée à souffler le chaud et le froid sur la tendre Chloé qui ne savait plus où donner de la tête. Un jour elle la culpabilisait, le lendemain elle la valorisait. Chloé, qui n'était encore pas réconciliée avec les autres, était vulnérable, elle avait finalement accédé à sa requête et s'était déplacée pour lui donner un chèque de banque dont le montant atteignait deux millions d'euros ! Bien mal acquis profite toujours à quelqu'un !

Zoé explose de rire en se rappelant son exploit. Deux millions d'euros ! Pourquoi se satisfaire d'un juste milieu quand on peut prendre les choses du bon côté ? Bon, effectivement, depuis qu'elle répond aux abonnés absents, la pauvre victime lui fait sérieusement la tronche, toujours d'après le téléphone arabe des mamies. Il paraît qu'elle lui en veut d'autant plus que Bruno n'est toujours pas au courant. *Ça risque de faire bobo quand le comptable l'apprendra !* rigole Zoé. *On va appeler ça des dommages collatéraux !*

La seule personne qui reste fidèle à Zoé est Éléonore. Dès leur rencontre à bord du *Luminosos*, Zoé a tout de suite su que cette vieille dame d'expérience et elle étaient sur la même longueur d'onde. Quand Zoé lui avait fait part de ses projets, Éléonore l'avait regardée d'un air soucieux. Mais Zoé est persuasive et l'avait convaincue. Aujourd'hui, c'est la seule personne avec qui Zoé est en contact. Elles se voient régulièrement et c'est grâce à elle qu'elle sait désormais que les filles ont tourné la page Zoé.

On frappe discrètement à la porte de sa chambre.

— Je vous apporte votre thé.

— Merci beaucoup, vous êtes gentille, posez-le là.

Zoé tend la main et remue le petit sachet de thé qui donne une jolie couleur dorée à l'eau brûlante.

— Mission réussie ! Constat : l'argent n'intéresse pas ceux qui n'en ont pas ! Je n'ai plus d'amies, mais je suis riche ! lance-t-elle à haute voix pour se donner de l'assurance.

Mais au fond d'elle, elle sait que ses amies vont lui manquer.

Chloé la fragile, la plus tendre d'entre elles, la plus naïve aussi. Celle qu'on a envie de protéger, de câliner, mais de secouer aussi parfois. Anaïs la rebelle, la féministe transformée en croqueuse d'hommes pendant un temps, l'intègre, la dévouée, le cœur sur la main. Et Lola ! Le roc de nos amitiés, elle a tout entendu de moi avant de jeter l'éponge. Et mes potes Frank et Jean-Robert, pauvre JR qui a morflé sévère qu'Anaïs ne lui pardonne jamais son infidélité. Ils vont me manquer. Et Jen', ma Jen'... Kimy...

Zoé sent les larmes monter et les contient.

On frappe de nouveau à la porte.

— Vous avez de la visite !

Zoé tourne la tête et aperçoit Éléonore qui lui sourit. Éléonore a toujours la même classe, tailleur impeccable, chignon serré, collier de perles et boucles d'oreilles assorties.

— Isabelle, pouvez-vous apporter un autre thé pour mon amie ?

— Tout de suite.

— Merci !

— Alors, maintenant qu'on est millionnaire, on a du personnel pour se faire dorloter ! plaisante Éléonore en s'asseyant à côté de Zoé.

— Je ne vois pas pourquoi je ne me ferais pas plaisir ! répond Zoé en souriant.

— Vous avez bien raison, confirme Éléonore en lui prenant la main.

— Voici le chemin de la richesse, ma chère Éléonore, pouffe Zoé.

Vous prenez à droite, puis vous prenez à gauche. Vous prenez en face et enfin derrière. Quand vous aurez pris de tous les côtés, vous serez bourrée de pognon !

— Je suis trop vieille pour cela ! répond gentiment Éléonore.

Les deux femmes restent silencieuses. Isabelle revient avec une tasse de thé bien chaud.

— Alors, comment va le moral ? demande Éléonore une fois Isabelle partie.

— On va dire que ça va. Vous avez des nouvelles des filles ? s'enquiert Zoé, anxieuse.

— Aucune ! Depuis qu'elles savent que je suis toujours en contact avec vous, elles ne veulent plus m'adresser la parole. Même Marguerite m'a tourné le dos. Mais c'est ainsi : la justice et l'amour sont aveugles, mais l'injustice et la haine ont une excellente vue...

Zoé se met à rire.

— La justice et l'amour ? Ce n'était pas vraiment mon credo ces derniers mois ! Mais merci de votre soutien inconditionnel.

Éléonore sourit.

Zoé est soulagée. Enfin, c'est définitivement terminé. Elles ne se mettront plus en travers de sa route.

— Enfin libérée de ce poids ! souffle-t-elle. Mais je suis désolée pour votre relation avec Marguerite...

— Ce n'est pas grave ! lance Éléonore. Le plus important maintenant, c'est vous !

— Vous êtes vraiment une chouette copine, Lolo !

— Attention, si vous m'appelez encore Lolo, je risque de rejoindre le club de vos ex-amies ! prévient Éléonore.

— OK, Lolo !

Les deux femmes se mettent à rire.

— Alors, vous gardez le cap ? Pas trop dur de vous retrouver toute seule ?

— Je ne suis pas seule, Éléonore, vous êtes là, et il faut parfois faire des choix dans la vie. Et le mien est fait.

18.

Le plus chiant, ce sont les gens qui sont pessimistes. D'ailleurs, je ne sais même pas pourquoi j'écris cela vu qu'on va tous mourir. (Zoé)

C'est dimanche, tous sont réunis chez Frank et Lola. Le printemps pointe le bout de son nez, mais il fait encore frais pour déjeuner sur la terrasse. Ils se sont contentés d'y prendre l'apéritif et ont rejoint la jolie table dressée à l'intérieur. Ils dégustent une délicieuse pintade en croûte de sel et thym que Lola et Anaïs ont préparée pour l'occasion.

Chloé est descendue de Paris pour le week-end. Jenifer n'a pas pu se libérer, un shooting photo la retient à Punta Cana. Depuis sa rupture avec Zoé, elle enchaîne les contrats pour oublier sa blessure, que le temps ne guérit toujours pas.

Tom et Lylou sont installés en bout de table et s'amusent avec leur petit Noé perché sur sa chaise haute. Tom lui chante la comptine préférée de l'enfant : « *Sur le pont d'Avignon, on y danse, on y danse, tous en rond...* »

— En même temps, sur le pont d'Avignon, il vaut mieux danser en rond parce qu'en ligne droite, tu finis dans la flotte !

— Sacré JR, toujours le mot pour rire !

— Bah quoi ? J'm'y connais, moi, en chansons pour enfants ! Te rappelles-tu celle-ci, Tom ? « *Je suis idiote, dit la linotte. J'ai oublié mes bottes. Ma redingote et ma culotte. J'ai froid à mes menottes. Et je grelotte. J'ai la tremblote. En sautant sur les mottes !* »

Tom sourit en se rappelant la chanson qui a bercé son enfance.

— Il faut que je l'apprenne à Noé !

— Je la trouve nulle, cette chanson ! répond Lylou.

— Toujours très cash dans ses propos, ma fille ! intervient Lola.

— Elle a raison ! C'est vrai que cette chanson est complètement nunuche !

— Merci ! dit Lylou, reconnaissante qu'Anaïs lui donne raison.

— Je serai toujours là pour prendre ta défense ! promet Anaïs. JR m'a saoulée avec cette chanson pendant la petite enfance de Tom. Je suis sûre que tu ne connais que celle-là, d'ailleurs !

— Absolument faux ! J'en connais d'autres ! affirme JR en se resservant des pommes de terre rissolées.

— Je serais curieuse de connaître ton savoir sur le sujet ! intervient la discrète Samantha en souriant.

— Je connais la chanson de « Maya l'abeille ivre » ! lance JR.

— On t'écoute attentivement ! lance Anaïs en faisant un clin d'œil à Samantha.

— « *Ivre, Maaayaaaaa l'abeille se met l'essaim à l'air !* »

Après quelques secondes de perplexité, le temps de comprendre le jeu de mots, la tablée se met à pouffer de rire.

— C'est trop con ! balance Lylou en rigolant.

— Lylou ! Parle correctement, enfin ! gronde Lola.

— On sait de qui elle tient ! Elle est aussi nature que sa marraine !

La réflexion de Chloé jette un froid. Elle s'en veut aussitôt.

— Désolée, j'ai réalisé trop tard. La phrase est sortie toute seule !

Ils n'ont plus de nouvelles de Zoé depuis si longtemps. Toutes leurs tentatives de rapprochement ont échoué. Ils ont finalement réalisé que Zoé n'en voulait qu'à l'argent de Chloé. Et qu'il lui était préférable de couper les ponts plutôt que de s'attirer les foudres de ses amis. Ils sont furieux contre elle, mais son souvenir reste douloureux.

— Quoi qu'elle ait fait – et j'en suis désolée, surtout pour toi, Chloé –, elle est et restera ma marraine !

— Bien dit, Lylou ! intervient JR. Cette petite a du cœur ! Viens ici que je t'embrasse !

Lylou se lève et tend son joli minois à JR qui lui colle un gros baiser sur la joue.

— *Ich liebe niche !*

— On dit « *Ich liebe dich* » ! corrige Lylou.

— Je sais ! Mais mon berger allemand dit : « *Ich liebe niche* » !

— T'es vraiment lourdingue !

— Lylou, mais tu vas arrêter avec tes provocations à deux balles ! s'énerve Lola.

— Preuve qu'elle est complètement rétablie de l'accident de car, relève Chloé.

— Il n'y a eu qu'une victime, le chauffeur, il paraît qu'il avait trop bu.

— Pauvre homme !

— Quand il y a des bouchons sur des routes embouteillées, les cars font des tonneaux. Comme quoi, l'alcool au volant, c'est un vrai problème ! enchaîne JR.

— T'es vraiment lourd ! dit Lylou. Ils nous ont obligés à voir un psychologue. C'était chiant ! Hein, Tom, que c'était chiant ?

Lola soupire.

— Combien faut-il de psychologues pour changer une ampoule ? les questionne Tom.

Tous haussent les épaules d'impuissance.

— Un seul, mais il faut que l'ampoule accepte d'être changée.

— T'es con ! lâche Lylou en riant.

— Con ! répète Noé.

— Bon, moi je vais débarrasser et je vais faire semblant de ne rien avoir entendu !

Lola se lève et tous s'empressent de l'aider.

— Bonne idée ! lance Frank. J'ai hâte de goûter la merveilleuse tarte que Samantha a préparée ! Un cigare ? propose-t-il à JR, qui accepte.

— Après les gros mots que ta fille lui apprend, tu veux fumer le cigare devant Noé ? Il n'a que deux ans ! Hors de question ! s'écrie Lola de la cuisine.

— T'inquiète, Maman, Tom et moi allons dans ma chambre et on prend Noé ! décide Lylou.

— Ma fille est top !

Frank allume aussitôt son cigare avec délectation.

**

— Ton dessert était vraiment délicieux ! dit Anaïs qui vient d'avaler la dernière bouchée. Je suis contente que mon ex soit avec une femme si douée en cuisine.

— C'est vrai que cela me change ! taquine JR.

Anaïs se contente de lui donner une bourrade.

— T'avais qu'à pas t'asseoir à côté de moi !

JR se tient les côtes de douleur.

— C'est vraiment facile de comprendre les femmes. Elles veulent deux choses : tout et son contraire !

Chloé observe Anaïs avec tendresse. Elle est maintenant bien dans sa peau. Plus sereine, elle a de nouveau confiance en elle. Elle ne cherche plus le sexe ou un peu d'amour à tout prix. Elle attend patiemment que la vie lui apporte des petits bonheurs tranquilles et, pourquoi pas, un jour, un nouvel amour. Anaïs s'entend désormais très bien avec JR, mais surtout, à la surprise de tous, elle est très proche de Samantha qui le lui rend bien. Il n'y a aucune rivalité entre les deux femmes, mais une grande complicité, surtout quand il s'agit de taquiner JR. Tom et Noé ont rapidement accepté Samantha, pour le plus grand bonheur d'Anaïs qui, dans son rôle de mère et de grand-mère, se sent soutenue par tous ses proches. Elle a rapidement pardonné à Chloé qui lui était tombée dans les bras en s'excusant d'avoir « *pété un câble* ». Anaïs a toujours du mal à joindre les deux bouts en fin de mois. Elle continue ses activités de téléphone rose. Mais elle sait qu'en cas de coup dur, elle pourra toujours compter sur Chloé. C'est l'accord que les deux amies ont pris, et leurs relations sont d'autant plus saines. Désormais rien ne s'oppose à ce qu'Anaïs voie son avenir paisiblement.

Le problème Robert a été réglé par Frank. Il s'est pointé un soir à son domicile et lui a fait comprendre qu'il fallait qu'il retire immédiatement toutes les photos d'Anaïs du site *revenge porn*.

Dans l'heure qui a suivi, tout a disparu.

— Mais comment as-tu fait ? a demandé Anaïs, surprise.

—Je lui ai fait un tour de magie, comme on en voit à la télé ! a répondu Frank.

—Je ne comprends pas…

—Je lui ai mis une droite, Anaïs ! C'est ça, la magie du direct ! a rigolé Frank. Et vous aviez raison, les filles : le mytho-radin-voyageur est un vrai trouillard !

Par chance, l'affaire ne s'est pas ébruitée outre mesure au lycée. Après l'avoir longuement lorgnée, ses collègues masculins ont fini par passer à autre chose, au grand soulagement d'Anaïs.

— Qui veut un café ? demande Lola.

— Moi, je veux bien, répond Chloé. Besoin d'aide ?

Lola secoue la tête négativement.

— C'est dommage que tes enfants n'aient pas pu venir avec toi !

Chloé hausse les épaules.

— Victor et Emma m'en veulent encore un peu de leur avoir caché notre fortune. Enfin, *ma* fortune, corrige-t-elle. Et puis ils sont un peu perturbés par la séparation.

—Je peux comprendre que Bruno soit en colère pour les deux millions donnés à Zoé. Mais de là à demander le divorce, c'est un peu fort, non ? s'étonne Anaïs.

— L'argent pourrit tout ! Il s'est dit qu'au lieu de devoir gérer les 19 millions restants d'une gourde qui s'est fait littéralement bananer par sa meilleure amie, il valait mieux en récupérer la moitié et refaire sa vie.

— Et où tu en es à ce niveau-là ? demande Anaïs.

— Comme tu peux l'imaginer, j'ai pris le meilleur avocat de Paris. Il a fouillé dans tous nos documents, pour découvrir une séparation de biens que nous avions enregistrée chez un notaire il y a longtemps quand Bruno a voulu lancer son cabinet d'expertise comptable. Je ne me rappelais même plus avoir signé ce genre de document, et lui non plus d'ailleurs ! Car si l'argent m'est monté à la tête quelques mois, lui est toujours en orbite ! sourit tristement Chloé.

— Et ?

— Eh bien, il va atterrir brutalement quand il apprendra qu'avec ce contrat, non seulement je garde les 19 millions qu'il me reste, mais aussi la maison que nous avons achetée à Paris. Dans l'excitation de se savoir riche, il ne s'est pas rendu compte que j'étais la seule signataire chez le notaire. Donc, elle m'appartient.

— Il va faire la gueule ! s'esclaffe Anaïs. Mais toi, tiens le coup ! Promets-moi de ne pas tomber de nouveau dans le panneau ! Quand il réalisera sa bourde, il voudra recoller les morceaux ! Et baser une relation amicale ou amoureuse uniquement sur l'argent, c'est un très mauvais plan ! Tu en sais quelque chose avec moi ! ajoute Anaïs en lui faisant un clin d'œil.

— Pas de souci de ce côté-là. Je sais que cela peut être difficile à comprendre, mais trop d'argent d'un coup, comme ça, sans être préparé, ne rend pas forcément heureux. J'avais l'impression d'être au milieu d'un chaos, je répondais à tous les caprices de Bruno, mais je sentais un malaise et une grande tristesse croître en moi. Bruno me reprochait mon manque d'enthousiasme, me disait que j'avais gardé mon « esprit de pauvre ». On a fini par ne plus se comprendre. Il m'a reproché les deux millions que j'ai bêtement donnés à Zoé, moi je m'en fiche. Je me suis fait avoir, mais ce n'est pas comme si j'étais à la rue ! Je suis pourtant une belle cruche ! Zoé avait raison.

Chloé est meurtrie.

— Continue ! Enfin, si tu veux bien…

— Bruno dépensait à tort et à travers en sorties, restaurants, boîtes de nuit. Moi, je me sentais dériver, sans pouvoir me raccrocher à quoi que ce soit. Quand il a découvert pour les deux millions, il a été brutal, violent. J'ai même dû déposer une main courante. J'ai maintenant du mal à faire confiance, je me sens brisée, le loto a détruit ma famille, mon couple. Mes enfants me font la gueule. Et j'ai failli perdre mes meilleures amies !

— Pour tes enfants, ça va s'arranger ! intervient Lola qui a fini de nettoyer dans la cuisine et revient avec les cafés. Et tes amies, tu ne les as pas perdues ! On est là !

— Moi aussi, un jour, je trouverai un homme qui m'aimera pour mon argent et pas seulement pour mon physique !

Chloé sourit à la repartie d'Anaïs.

— Je me suis alors rendu compte que j'étais en pleine dépression, continue Chloé, et qu'il me fallait l'aide d'un professionnel afin de tout mettre à plat et comprendre pourquoi j'ai toujours acheté l'amour des autres, d'une façon ou d'une autre. Cet épisode du loto a permis de mettre à jour ce mécanisme. J'ai aussi décidé de faire des dons à des organismes caritatifs. Si je réalise que j'ai trop longtemps donné pour avoir de l'affection en retour, je veux maintenant donner pour donner. Je pense que je vais alors retrouver une existence normale.

— Ne donne pas tout, hein ? plaisante Lola.

— Rassure-toi ! Il restera toujours une somme indécente. Les dons, je vais les faire à partir des intérêts perçus sur mes placements.

— Houlà ! Arrête, Chloé, ça me file le tournis !

— Il y a une question qui me brûle les lèvres, intervient Frank. Pourquoi faut-il que je fume mon cigare jusqu'au dernier millimètre ?

— Y a un téléphone qui sonne ! fait remarquer Lola.

— C'est le mien ! constate Chloé, surprise.

— Ça doit être tes enfants !

Chloé se lève et va fouiller dans son sac. Elle attrape son téléphone portable, mais elle a raté l'appel.

— Alors, c'est qui ? demande Lola en finissant son café.

Chloé revient s'asseoir et regarde ses amies d'un air plus que surpris.

— C'est Éléonore !

— Éléonore ? bougonne Frank. Mais qu'est-ce qu'elle te veut, la vieille folle ?

— Elle n'a pas assez des deux millions qu'elle est en train de grignoter avec sa meilleure copine ? s'indigne Anaïs.

— Qui est Éléonore ? demande Samantha.

JR le lui explique rapidement. La rencontre sur la croisière, l'amitié entre Zoé et elle, mais surtout le fait qu'elle est restée du côté de Zoé lors de l'affaire des deux millions. Depuis, plus personne ne veut entendre parler de cette vieille femme cupide ; même Marguerite ne veut plus la voir.

— Qu'est-ce que je fais ? demande Chloé, déroutée.

— Ben, si tu tiens à perdre quelques millions de plus, rappelle-la ! ironise Lola.

— J'aimerais bien savoir ce qu'elle a dans le ventre, la mamie ! s'exclame Frank.

— Fais comme tu veux ! Mais mets l'ampli si tu la rappelles, suggère Anaïs.

Chloé n'a pas le temps de réfléchir que la sonnerie du portable retentit à nouveau.

— C'est encore elle !

— Décroche et mets l'ampli ! ordonne Frank.

— Qu'est-ce que vous me voulez ? demande Chloé sans autre formule de politesse.

— Oh, Chloé, ma petite Chloé ! dit Éléonore d'une voix tremblante.

— Je vous préviens ! Je suis avec Anaïs, Lola et mes amis et j'ai mis l'amplificateur. Tout le monde vous écoute, alors faites bien attention à ce que vous allez me dire ! tonne Chloé.

— Lola et Anaïs sont là ? questionne Éléonore, troublée. Où est Jenifer ?

— Allez au fait !

— Les enfants, il faut que vous veniez. Je n'ai pas pu… Je suis désolée, je n'ai pas pu tenir ma promesse. Oh mon Dieu, Zoé va m'en vouloir terriblement ! ajoute Éléonore en fondant en larmes.

— Arrêtez vos niaiseries ! s'impatiente Chloé. Que voulez-vous ?

— Il faut que vous veniez, les enfants ! Vite ! Zoé est très malade, il n'y en a plus que pour quelques jours, quelques semaines au plus !

Tous se regardent, abasourdis, pensant avoir mal entendu.

Lola arrache le téléphone des mains de Chloé et se met à hurler :

— Mais qu'est-ce que vous nous racontez, vieille folle ?

— Oh, Lola, je suis désolée. Lola, Zoé est malade, elle est très malade depuis plusieurs mois, bientôt un an. Le dernier jour de la croisière, elle a appris par e-mail que ses résultats sanguins étaient mauvais ! Des examens de routine ! De retour à Paris, son médecin lui a dit qu'il fallait qu'elle mette ses papiers en ordre. Cela voulait tout dire : il ne lui restait plus que quelques mois. Une maladie foudroyante.

— Mais vous allez arrêter de nous raconter des conneries ! continue de hurler Lola en secouant le téléphone.

— Ma petite Lola, ma pauvre petite chérie… Zoé a alors décidé de tout faire pour que vous n'ayez pas de peine. Elle a préféré se fâcher avec vous toutes pour partir tranquille et vous éviter un long et douloureux chagrin. Elle ne voulait pas non plus que vous soyez les témoins impuissants de sa déchéance.

— Vous mentez ! s'égosille Anaïs. Zoé a déménagé, elle a pris un nouvel appartement !

— Son nouvel appartement, c'est sa chambre d'hôpital, Anaïs ! Son seul luxe : une chambre indépendante. Elle est en soins palliatifs depuis plusieurs mois. Son état s'aggrave de jour en jour. Les médecins m'ont demandé de prévenir ses proches. Je lui avais promis de ne rien vous dire, mais je ne peux pas, je ne peux pas ! Zoé veut quitter l'hôpital, elle ne veut pas mourir entre quatre murs ! Elle est très faible, mais déterminée. Il faut venir vite ! Il faut l'en dissuader ! Vous seules pouvez le faire !

Les filles sont sous le choc. Un silence pesant s'installe.

Frank se lève et s'éloigne pour que personne ne voie ses larmes. Samantha file dans la chambre de Lylou pour s'assurer que les jeunes parents n'ont rien entendu. Le couple est plongé dans un jeu vidéo et le petit Noé fait sa sieste, couché sur le lit de sa maman. JR tousse pour s'éclaircir la voix et se donner une contenance avant d'attraper le téléphone que Lola tient machinalement, les yeux dans le vide.

— Éléonore, nous sommes chez Lola. Je vais immédiatement sur Internet acheter des billets pour les filles. Avec la navette Nice-Paris, elles seront là ce soir. Je vous rappelle pour vous donner l'heure d'arrivée. À quel hôpital se trouve-t-elle ? Vous êtes sur place ? Parfait. Je vous rappelle dans l'heure.

— Les filles…

Lola, Chloé et Anaïs sont prostrées. Elles n'entendent et ne voient plus rien.

— Les filles, insiste JR, allez vous préparer. Je vous prends les billets et vous emmène à l'aéroport d'ici une demi-heure.

Frank, très ému, s'approche de Lola.

— Allez, ma chérie, va prendre quelques bricoles, je vais vous chercher des sacs. Anaïs, va chercher de quoi te changer dans les affaires de Lola, on n'aura pas le temps de passer chez toi.

Mais les filles sont toujours immobiles. Trop choquées pour faire un quelconque mouvement. Lola commence à pleurer doucement. Chloé regarde Frank, JR et Samantha d'un air perdu, se demandant ce qui lui arrive. Samantha l'invite à se lever pour aller réunir quelques effets.

Anaïs se lève brutalement et se met à crier :

— Cette folle nous ment ! Zoé va bien !

Elle manque défaillir. JR l'attrape et la soutient fermement.

— Non, Anaïs, Zoé ne va pas bien, et il faut que tu te calmes sinon tu vas faire peur à Noé et alerter les enfants. On leur expliquera plus tard. En attendant, rends-moi service. Va préparer quelques affaires, il faut qu'avec Frank nous prenions vos billets.

— Je m'en occupe, intervient Samantha tout en douceur. Anaïs, viens avec moi, on va faire un sac et tu vas vite retrouver Zoé.

— On va voir Zoé ? répond Anaïs, avec le regard d'une petite fille qui reprend espoir.

— Oui, elle a besoin de vous, il faut l'entourer de toute votre affection et l'empêcher de quitter l'hôpital, elle a besoin de soins. C'est pour cela qu'il faut se dépêcher et être forte.

Avec beaucoup de tendresse et de délicatesse, tout en étant efficace, Samantha remplit rapidement trois sacs de première nécessité. Frank décide d'accompagner les filles, elles ne sont pas en état de voyager seules. JR et Samantha resteront à la maison et se chargeront de Noé, de Tom, mais surtout de Lylou qui risque de réagir violemment à la nouvelle.

Trente minutes plus tard, les filles sont assises à l'arrière de la voiture. Elles sont vidées, anéanties. JR est en train de finir d'imprimer les cartes d'embarquement, Frank est déjà au volant du véhicule.

Le téléphone de Chloé, oublié sur la table, résonne à nouveau.

*

— Dépêche-toi, JR, file-moi les cartes d'embarquement !

JR s'approche de la fenêtre conducteur. Le moteur tourne, la voiture est prête à bondir. La main qu'il pose sur le montant de la vitre tremble.

— Frank, je viens d'avoir Éléonore… Zoé a profité de son absence pour disparaître.

— Mais qu'est-ce que tu racontes JR ?!

— Elle est partie, quand Éléonore nous téléphonait. Elle a juste laissé un mot, s'inspirant des paroles de Jean Ferrat : « *Je vais mourir debout, dans un champ, au soleil, non dans un lit aux draps froissés, à l'ombre close des volets…* »

— Mais ce n'est pas possible ! Dis-moi que ce n'est pas vrai, JR ! C'est un cauchemar ! rugit Frank. Il faut partir, il faut la retrouver !

— Mais où la retrouver, Frank ? Où ? La connaissant, elle a dû mûrir ce projet depuis longtemps. Elle doit être déjà dans un avion pour une destination inconnue !

Frank effondré, pose sa tête sur le volant.

Longtemps, le véhicule restera tous feux allumés, immobile. Pendant des heures et des heures, Lola, Anaïs et Chloé ne voudront pas quitter les sièges arrière. Pendant presque toute la nuit, elles resteront là, serrées les unes contre les autres.

Ce n'est qu'aux premières lueurs du jour que s'élèvera le cri déchirant de Lola : « JENIFER ! »

La belle Jenifer, si loin et qui ne sait encore rien.

19.

D'un côté : Dieu. De l'autre : le néant. C'est le stock de matériel intermédiaire qui pose des problèmes. (Zoé)

Un mariage a eu lieu le matin même de cette éblouissante journée d'été. Un mariage tout simple, une cérémonie rapide à la mairie, des vœux et alliances échangés avec émotion. JR était tout fier dans son costume beige et Samantha rayonnait dans sa robe courte qui avait du mal à cacher ses rondeurs de future maman.

Tout le monde est maintenant réuni sur la terrasse du magnifique mas de JR. Le buffet champêtre est délicieux. Tout n'est que simplicité, comme le souhaitaient JR et Samantha. Anaïs, dans une longue robe bleue qui fait ressortir son teint mat, fait passer des plaques entières de pissaladières et de mini pans-bagnats. Le matin même, elle a pris son rôle de témoin de JR très au sérieux. Heureuse de voir cette nouvelle famille recomposée, elle s'active auprès des invités en toute discrétion, ne voulant surtout pas froisser la nouvelle maîtresse de maison qui s'est éclipsée pour s'accorder quelques instants de repos, grossesse et chaleur ne faisant pas bon ménage.

Au loin, dans le terrain en restanques, qui sent bon le thym et le romarin, la piscine est animée par Tom, Victor et Emma, ainsi que par Noé qui barbote dans une énorme bouée en forme de canard offerte par Lola.

Chloé et Jenifer sont allongées sur des transats, à l'ombre du majestueux platane qui fait la fierté de JR. Éléonore et Marguerite, éventails à la main qui tournent à plein régime, sont elles aussi protégées par l'arbre tricentenaire. Les filles plaisantent et taquinent Éléonore qui court toujours après la technologie et ne semble pas s'en sortir avec son nouveau smartphone.

Frank, cigare à la main, est en grande discussion avec un collègue de JR à propos de crise financière, de chaos contrôlé et de récession en triple creux.

Lola apparaît sur le pas de la porte. Avant d'aller se reposer, Samantha lui a gentiment proposé de faire le tour du mas. Cela faisait si longtemps qu'elle n'y était pas revenue. *Presque rien n'a changé en vingt ans*, s'est dit Lola, le cœur serré.

Le vieux mas soutenu par ses lourdes poutres se dresse toujours aussi fièrement sur la colline. Ce mas, c'est toute leur vie ! Les réunions de famille, les anniversaires, les disputes, les retrouvailles et le mariage de Zoé et Jenifer. En son sein, depuis toujours, le temps semble ralentir et les angles s'adoucir. Sur ses murs, les cascades de glycine sont toujours aussi belles, dégoulinantes de fleurs bleues. Un éclatant bougainvillier illumine la façade ensoleillée qui cache bien des secrets et des confidences.

Lola laisse échapper un sourire triste que ne manquent pas de remarquer Anaïs, Chloé et Jenifer qui lui sourient à leur tour. Les quatre amies sont sur la même longueur d'onde.

Anaïs dépose ses plats de pissaladières et rejoint Lola.

— Que de souvenirs…

Lola approuve d'un hochement de tête.

— Tu te rappelles son mariage avec Jen' ?[1]

Lola sourit.

— Ici même, sur cette terrasse !

— Et leurs vœux ?

Les deux femmes éclatent d'un rire nerveux en s'approchant de Chloé et Jenifer.

— Quelle belle fausse bonne humeur ! relève justement Chloé.

— On se rappelle les vœux de mariage de Zoé et Jenifer.

---

[1] Voir *Ce que femme veut…*, du même auteur.

Même si elle a encore du mal à surmonter son chagrin, Jenifer essaie d'être enjouée.

— Je lui avais promis de perdre quelques kilos et d'apprendre à changer un pneu !

— Et Zoé de te laisser une partie de la couette !

Les amies sourient. Elles n'ont pas le cœur à rire et préfèrent cette douce mélancolie.

— Où est mon petit-fils ? s'exclame Anaïs instinctivement comme pour se raccrocher à la vie, aux sourires et aux éclats de rire du petit Noé.

— Il barbote avec son père, Emma et Victor, répond Chloé. Il est dans une énorme bouée !

— Ah oui, le canard qui remplit presque toute la piscine ! sourit Anaïs. T'as vraiment un goût de chiottes, Lola ! En plus, ces bouées sont dangereuses ! Si elles se retournent, l'enfant se retrouve la tête sous l'eau !

— Tu veux que j'appelle Tom pour savoir si ce sont les pieds ou la tête qui sont à la surface ? plaisante Jenifer.

— On ne rigole pas avec ce genre de choses ! ronchonne Anaïs.

Lola observe son amie avec tendresse. Noé est désormais le centre du monde d'Anaïs. Un matin, alors qu'elle accompagnait le petit bonhomme à la crèche, Anaïs avait redécouvert le monde par les yeux de Noé. Le petit homme avait repéré un golden retriever grand comme une peluche, une dame avec les cheveux rose et vert, un monsieur qui jonglait avec des sacs en plastique, un enfant avec des baskets qui clignotaient. Le petit Noé avait voulu qu'Anaïs s'arrête pour écouter une dame jouer du piano dans le hall d'un magasin de musique. Anaïs s'était alors dit que, sans sa petite main dans la sienne, elle serait passée à côté de tout ça.

Depuis, tous les matins de la semaine, Anaïs ne déroge pas à ce petit rituel et quand elle marche seule, bien souvent, elle ouvre grands les yeux et se demande ce que son petit-fils ne manquerait pas de lui faire remarquer avec ses yeux tout neufs.

— Et Lylou, où est-elle passée ? demande Lola.

— Aucune idée ! répondent les filles. Peut-être à la piscine ?

— Je vais voir ! décide Lola. Je vais en profiter pour vérifier si Noé est dans le bon sens ! ajoute-t-elle en faisant un clin d'œil à Anaïs.

Emma, Victor et Tom sont en train de bronzer. Tom désigne Lylou et Noé, assis à côté de la balançoire.

Lola descend une restanque par les escaliers et rejoint sa fille. Lylou est assise en tailleur dans l'herbe. Noé crapahute, souffle les fleurs de pissenlit et discute avec chaque insecte qu'il croise.

Lola marque un temps d'arrêt. Elle se revoit au même endroit, presque vingt ans plus tôt. Sauf que l'enfant qui découvrait la nature, c'était Lylou.

Lola passe la main avec tendresse sur les vieilles cordes usées de la balançoire. *La vie est un éternel recommencement,* songe-t-elle, au bord des larmes.

Lola attrape Noé qui lui tend les bras et s'assied à côté de sa fille. Lylou a très mal vécu la disparition de Zoé. Son absence lui pèse presque autant qu'à Lola, si ce n'est plus.

— C'est maintenant que j'ai besoin d'elle ! Pas quand j'étais petite ! avait hurlé Lylou quand Frank lui avait annoncé le drame.

Il est vrai que Zoé avait été son meilleur soutien à l'arrivée de Noé. Avec son franc-parler habituel, elle avait rapidement dédramatisé la situation et recadré les futures grands-mères. Depuis, Lylou vouait une adoration sans limites à sa marraine.

— Tu sais que lorsque tu es née, elle s'est penchée telle une fée sur ton berceau et t'a dit : « Ma filleule, quand tu enlèveras les piles de ta Game Boy pour les mettre dans un vibro, appelle-moi, j'aurai deux ou trois conseils à te donner. »[2]

— Tu me l'as raconté mille fois, Maman…

Lola pousse un soupir et enlace sa fille avec un regard bienveillant.

— Ça va aller, ma chérie.

— Comment Chloé a récupéré son argent ?

---

[2] Voir *Ce que femme veut…,* du même auteur.

— Pourquoi cette question ?

— Et pourquoi je ne te la poserais pas ?

Lola serre plus fort Lylou contre elle.

— Elle a été intégralement remboursée. Zoé avait tout expliqué à son avocat. L'argent était sous séquestre. Chloé a récupéré les fonds quelques semaines après la disparition de Zoé.

— À l'ouverture de la succession ?

— Pas tout à fait, comme Zoé a disparu sans donner d'adresse, on parle d'absence et non de disparition, et dans ce cas, il faut attendre quelques années avant l'ouverture de la succession.

— Quelle est la différence ?

— On parle de disparition lorsqu'une personne a disparu dans des circonstances de nature à mettre sa vie en danger et que son corps n'a pas pu être retrouvé. Et on parle d'absence pour la situation concernant une personne absente sans que personne ne sache où elle se trouve.

— Elle est partie parce qu'elle était condamnée ! Pourquoi ne pas parler de disparition ?

Lola soupire le cœur gros.

— C'est un peu complexe, Zoé n'a pas sauté d'un pont sans qu'on retrouve son corps, elle n'a pas disparu dans le crash d'un avion…

Lylou jette l'herbe qu'elle mâchouillait, tout cela est trop compliqué et ça ne lui ramènera pas sa marraine.

— Chloé a dû être bouleversée.

— Oui, elle a été très triste, avoue Lola. Elle a reversé l'argent à une association qui combat la maladie dont souffrait Zoé.

— Où est Tom ?

— Il s'ennuie comme un rat mort au bord de la piscine, tu ne veux pas le rejoindre ?

Lola souhaite tant que sa fille retrouve le sourire.

— J'n'ai jamais compris l'expression « s'ennuyer comme un rat mort » ! Genre, quand il est mort, les autres animaux s'éclatent comme des « oufs » ?

Lola ne peut s'empêcher de rire à la repartie de sa fille.

— Maman ! Si tout n'était qu'illusion ? Si rien n'existait ? Rien ! Ce jardin ! Toi ! Moi, Noé, Tom, Papa !

Lola ne sait que répondre à sa petite jeune femme en pleine révolution.

— Ouais, j'ai compris. Dans ce cas, ça voudrait dire que j'ai acheté mes dernières chaussures beaucoup trop cher !

Lola éclate de rire.

— Je n'avais jamais remarqué que vous aviez le même humour !

— C'est vrai ? demande Lylou, pleine d'espoir à l'idée d'avoir un peu de Zoé en elle.

— Oh que oui ! confirme Lola en lui embrassant le front. J'ai quelque chose pour toi, ma chérie.

Lola sort de la poche arrière de son pantalon une enveloppe sur laquelle est écrit le nom de la jeune fille.

— C'est quoi ? demande Lylou en prenant l'enveloppe.

— Une lettre pour toi… De Zoé.

— Pour moi ? bredouille Lylou.

— Oui, rien que pour toi…

— Il y en a d'autres ?

— Oui, elle a écrit une lettre pour chacune d'entre nous. En fait, nous savons maintenant que Zoé voulait juste nous épargner sa maladie. Elle nous a écartés de sa vie juste pour que nous gardions une belle image d'elle. Sinon, elle n'aurait jamais écrit ces lettres.

— Mais comment ? balbutie Lylou.

— Jenifer les a trouvées en triant ses affaires.

— Mais pourquoi tu ne me l'as pas donnée plus tôt ?

— Dans ma lettre, Zoé tenait absolument à ce que je te donne la tienne ici. C'est donc l'occasion et je sens que tu en as besoin et que tu es prête à la lire. Tu sais que le mas de JR, qui le tient de ses parents, est l'endroit où nous nous retrouvions quand nous étions jeunes et, plus tard, où nous avons toujours tout partagé, joies et peines, pendant toutes ces années ?

Lylou ne répond pas. Elle tourne l'enveloppe dans tous les sens.

Lola se lève.

— Je prends Noé. Lis-la tranquillement, je vais rejoindre les autres.

*
**

Salut Grenouille !

Oui, je sais, tu as toujours eu horreur que je t'appelle ainsi. Mais désolée, ma Grenouille, c'était ce à quoi tu ressemblais petite !

J'ai demandé à ta mère que tu ouvres cette lettre chez JR. J'y tiens. C'est là que je me suis mariée, c'est aussi là que tu as fait tes premiers pas. Et c'est ici encore que tes parents se sont aimés pour la première fois. Enfin, je suis sûre que tu dois être entourée et, si tu verses quelques larmes, c'est ici que tu trouveras du réconfort. Dans les bras bourrus de JR, ou ceux plus tendres de Chloé.

J'aime cet endroit ! Lève les yeux, Grenouille, regarde le ciel bleu et pur, le soleil éclatant. Sens la lavande et le romarin et le vent qui danse dans les oliviers. Écoute les cigales ! Peut-être que tu entendras les éclats de rire de ta mère, Chloé, Anaïs ! Le vent t'amènera l'odeur du cigare de ton père, les gros mots de JR. Et si Éléonore est là, le doux parfum que portent généralement les vieilles dames.

Câline Jenifer ! Qu'elle ne pleure pas en cachette en cette belle journée et, si c'est le cas, embrasse-la pour moi ! Bon, s'il pleut, c'est la merde, tu devras tout refaire un autre jour !

Lylou se met à rire. Deux grosses larmes qu'elle retenait péniblement atterrissent sur l'écriture nette, précise de Zoé.

Je suis vraiment désolée de t'avoir fait faux bond, Grenouille ! Si j'avais pu faire autrement, crois-moi, je n'aurais pas hésité une seconde. Mais je sais que tu es forte ! Tu t'en sors à merveille entre tes études et Noé. Par contre, j'étais folle d'inquiétude quand vous avez eu votre accident d'autocar ! Je n'en ai pas dormi pendant deux nuits. Tu me crois, au moins ?

Lylou acquiesce, une étoile de larme s'écrase sur une majuscule acérée.

Quand on y pense, « Terrien » nous indique qu'on est bien peu de chose. Tu comprends la nuance ? Terrien... « T'es rien » ! Ne m'engueule pas ! Je sais que tu as compris !

J'ai aussi appris un truc, si on ne va pas aux funérailles des gens, ils ne viendront pas aux vôtres !

Lylou sourit.

Oui, d'accord, ma dernière vanne est un peu facile.

Bon, je souhaiterais une chose, ma Lylou. Fais en sorte que personne ne me mette sur un piédestal. Enfin, un peu oui, je veux bien, ça flatte mon ego. Mais que personne ne me fasse passer pour une sainte ! Car je ne l'ai jamais été et ça ne ressemble pas à la chieuse que j'étais. J'ai toujours eu un diable sur une épaule et un diable déguisé en ange sur l'autre. Et que personne ne parle de beauté intérieure ! Ceux qui prétendent l'aimer n'ont probablement jamais vu les sept mètres d'un intestin grêle déroulés sur le sol !

Lylou éclate de rire.

Je t'imagine en train de rire. Je suis heureuse. Belle Lylou, sache que je serai toujours près de toi. Je suis peut-être dans l'herbe qui t'entoure, dans le vent qui fait bouger tes cheveux. En fait, je n'en sais encore trop rien quand j'écris ces lignes. On me le dira à l'arrivée du terminus. S'il y a un terminus !

Tu dois commencer à frissonner, ma Grenouille. Le soleil qui caresse ta peau caramel va bientôt disparaître derrière les oliviers centenaires, le chant des cigales se fera plus rare, il sera bientôt relayé par celui des grillons. Deviens heureuse, Lylou. Ne le sois pas, deviens-le ! C'est beaucoup de travail. Entoure-toi des meilleurs amis au monde, j'ai eu cette chance et l'amitié comme l'amour n'ont pas de prix ! Va rejoindre les autres, jolie Lylou, va rire, va danser et pense à moi. Qui sait, je suis peut-être parmi vous, peut-être que ma voix résonne dans quelque endroit de ce mas. Dis à ta mère qu'elle avait raison quand elle s'est fichue en rogne pendant la croisière : « On ne connaît rien de la mort, mais la seule chose qu'on sache, c'est que cela commence très mal ! ». Dis-leur aussi que je les aime !

Enfin, dis à Chloé que « in fine », c'est moi qui suis passée par-dessus bord.

Je t'aime, jolie Lylou, et garde ceci au plus profond de toi : les plus beaux souvenirs sont les photographies prises par le cœur...

Zoé.

À propos de l'auteur

Kathy Dorl a longtemps été en charge du développement de marques américaines avant de se consacrer à l'écriture. *Le cœur des femmes bat plus vite* est son quatrième roman.

Les romans de Kathy Dorl : des bulles de champagne, de la fraîcheur. Des lectures qui font du bien au moral, de vrais vaccins anti-morosité qui donnent la joie de lire et rendent heureux.

Abonnez-vous à sa newsletter sur le site kathydorl.com pour être automatiquement informé à chaque nouvelle parution et découvrir ses projets en cours.

Du même auteur

Ce que femme veut… (2013)
Fifty-fifty… et toujours un grain de folie (2014)
Déconfitures et pas de pot (2015)

Retrouvez tous les titres et l'actualité des Éditions HJ :

Sur notre site Internet :

http://www.editionshelenejacob.com

Sur Facebook :

https://www.facebook.com/EditionsHJ

Sur Twitter :

https://twitter.com/EditionsHJ

www.ingramcontent.com/pod-product-compliance
Lightning Source LLC
Chambersburg PA
CBHW070521260626
47161CB00004B/1608